江戸早指南

小料理のどか屋 人情

阪鬼一郎

時代小説

二見時代小説文庫

江戸 早指南(はやしなん)——小料理のどか屋 人情帖31

目次

江戸早指南　小料理のどか屋 人情帖31・主な登場人物

千吉……………祖父長吉、父時吉の下で修業を積んだ「のどか屋」の二代目。

およう…………縁あって千吉の嫁となる。「若おかみ」と皆から可愛がられる。

時吉……………のどか屋の主。元は大和梨川藩の侍・磯貝徳右衛門。長吉屋の花板も務める。

おちよ…………時吉の女房。時吉の師匠で料理人の長吉の娘。

信兵衛…………「のどか屋」ほか手広く旅籠を営む元締め。のどか屋に通う常連でもある。

大橋季川………季川は俳号。のどか屋に長く通う常連、おちよの俳諧の師匠でもある。

寅次……………のどか屋の常連の湯屋。同じく常連の棒手振りの富八と二人でやって来る。

万年平之助……黒四組配下の隠密廻り同心、「幽霊同心」とも呼ばれる。千吉と仲が良い。

安東満三郎……隠密仕事をする黒四組のかしら。甘いものに目がない、のどか屋の常連。

幸右衛門………小伝馬町で書肆、灯屋を営む。

原川新五郎……時吉の大和梨川藩時代の道場仲間。江戸詰家老となり、再びのどか屋へ……。

稲岡一太郎……新しく江戸勤番となった大和梨川藩士。藩内屈指の剣豪。

兵藤三之助……稲岡とともに大和梨川藩江戸勤番となる。頭脳派として評判の将棋の名手。

筒堂出羽守良友…傍流ながら大和梨川藩主の座に就いた殿様。お忍びで江戸の町を楽しむ。

目出鯛三………瓦版なども書く狂歌師。灯屋に頼まれ指南書の書き手を務めることに。

第一章　しめ鯖と鼈甲あんかけ

一

「あっ、虹」

のどか屋の若おかみのおようが空を指さした。

中食でばたばたしていて気がつかなかったが、いつのまにか雨が上がり、空にはきれいな虹の橋が架かっていた。

「ほんとね。きれいな虹」

のれんを手にしたまま、大おかみのおちよも見上げる。

横山町にのれんを出しているのどか屋は、旅籠付きの小料理屋だ。

朝は名物の豆腐飯の膳を泊まり客に供している。これを食べたいがために泊まる常連客も多いほどだ。朝餉だけ食べに来てもいいから、朝が早い大工衆などにも重宝されている。

中食の膳は数をかぎって出す。多くても四十食かぎりで、値のわりに食べでがあって身の養いにもなるから、売れ残ることはめったになかった。

中食が終わると、じっくりと酒肴を楽しめる二幕目まで、短い中休みに入る。いまちょうど休みに入ったところだ。

今日の中食は、そろそろ終いごろの素麺に鱚天をつけた。跡取り息子の千吉がねじり鉢巻きで揚げた鱚天も素麺もなかなかの好評だった。

「あの虹の橋の向こうに浄土があるみたいです」

おようがそう言って瞬きをした。

「そうね」

おちよはいったんのれんをしまってから、また表に出てきた。

一緒に千吉と、のどか屋を長く手伝っているおけいも虹を見に出てきた。

「わあ」

千吉が思わず声をあげた。

「きれいな虹の橋でしょ」

　およう が笑みを浮かべた。

「見える？」

　おちよは表の酒樽の上で腹ばいになっている老猫に語りかけた。

　のどか屋の猫のなかで最古参のゆきだ。

　尻尾だけ縞(しま)模様のある白猫で、目が空のように青い。いままでさまざまな柄(がら)の猫を産んでくれた。黒猫のしょうも、銀と白と黒の縞模様が美しい小太郎(こたろう)もゆきの子だ。

「長生きするんだよ」

　ゆきの首筋をなでながら、おちよが言った。

　老猫がごろごろとのどを鳴らす。

「まだ達者だよね」

　おけいが笑みを浮かべた。

　だいぶ年が寄ってきたので夏を越せるかとひと頃は案じていたのだが、この調子なら大丈夫そうだ。

　のどか屋にはあと二匹、二代目のどかと、その子のふくがいる。初代の生まれ変わりと言われる二代目のどかとふくは同じ柄の茶白の縞猫だ。

　いまは猫地蔵として祀(まつ)られている初代のどか以来、のどか屋ではずっと猫を飼ってきた。のどか屋の猫は福猫だという評判が立ち、子猫が生まれるたびにほうぼうへ里子に出してきたから、猫縁者もずいぶん増えた。

「あっ、消える」

若おかみが空を指さした。

雨上がりの青空に架かっていた虹の橋が少しずつ薄れていく。それもまた趣のある景色だった。

「またね」

千吉が軽く手を振った。

「さあ、少し休んだらまたつとめね」

虹が消えたあと、大おかみのおちよが軽く両手を打ち合わせた。

「はいっ」

若おかみがいい声で答えた。

二

二幕目には、まず元締めの信兵衛がやってきた。

のどか屋ばかりでなく、すぐ近くの大松屋、さらに巴屋と善屋と手広く旅籠を営み、長屋もいくつか持っている顔役だ。

元締めに続いて、常連が二人、にぎやかに入ってきた。

「今日は早めで」

そう言ったのは、岩本町の湯屋のあるじの寅次だった。

「おいらはもうあきないを終えたんで」

野菜の棒手振りの富八が白い歯を見せた。

いつも一緒に動いているから、岩本町の御神酒徳利と呼ばれている。

「まだお客さんの呼び込みはこれからですよ」

おちよが笑みを浮かべて言った。

のどか屋の泊まり客に声をかけて、湯屋へ案内するために足繁く通っているとは当人の言だが、本当は油を売りに来ているだけだ。

「おいらがこのかわら版を持って行ったら、『よし、のどか屋へ行こう』ってすぐ腰が上がっちまって」

富八が一枚の紙をひらひらさせた。

「何が起きたんです？」

呼び込みに出ようとしていたおようがたずねた。

おけいと二人で繁華な両国橋の西詰へ行き、泊まり客の呼び込みをするのが日々のつとめだ。

「大店の隠居がさらわれて、うんと身代金をふんだくられたんだそうだ」

富八が答えた。

「へえ、身代金を。いくらくらいです?」

猫たちに餌をやりながら、おちよが問うた。

「驚くなかれ、百両で」

寅次が両手の指をぱっと開いた。

「それだと十両で」

仕込みをしながら、千吉が言った。

「指一本が十両だと思いな」

湯屋のあるじが言い返した。

「どこのご隠居だい」

檜の一枚板の席に陣取った元締めがたずねた。

「南新堀の下り酒問屋、樽屋の隠居でさ」

湯屋のあるじが答えた。

「ああ、そりゃあ大店だね」

信兵衛がうなずく。

「日頃から供もつれず、寄席や芝居小屋なんかに足を運んでたそうで、そこで目をつけられてかっさらわれちまったようでさ」

今度は富八が言った。

「うちのご隠居さんなら、だれにも狙われないと思うけど」

千吉がそう言ったから、のどか屋に和気が漂った。

常連中の常連で、おちよの俳諧の師匠でもある大橋季川のことだ。

「まあともかく、ご無事で何よりで」

おちよが言った。

「どこもお怪我はなかったんですか？」

おようがたずねた。

「かわら版に書いてあるとおり、やけにていねいな賊だったそうだ」

富八がまた紙を振った。

「ちょっと見せておくれ」

元締めが右手を挙げた。

「はいよ」

野菜の棒手振りが渡す。

信兵衛はいくらか紙を離して瞬きをすると、やおら勘どころを読みあげはじめた。

さてもさても、異（い）なことなり。

かどわかしの賊となれば、強面（こはもて）の悪逆（あくぎやく）な輩（やから）を思ひ浮かべるところなれど、この賊はさにあらず。

「相すみません。縛らせていただきますよ」

「痛くしませんので、御免なすって」

などなど、いたって物腰やはらかく、とても賊には見えぬ者なりき。

「へえ、ほんとにていねいな賊で」

おちよが驚いたように言った。

「それで、身代金をたんまり取って、無事に帰したんだから、洒落（しやれ）た賊だねえ」

湯屋のあるじが言った。

「賊は賊なんだから、ほめちゃいけませんや」

野菜の棒手振りが苦笑いを浮かべた。

「まあ、とにかく呼び込みに」

おけいがうながした。

「そうですね。お客さんに来ていただかないと」

若おかみのおようが答える。

「頼むね。行ってらっしゃい」

二代目の千吉がいい声で送り出した。

三

二幕目もにぎわいは続いた。

おようとおけいの呼び込みは功を奏し、旅籠の部屋はあらかた埋まった。その客たちと、岩本町の御神酒徳利と元締めに、千吉が次々に肴（さかな）を出していく。

「おお、しめ鯖（さば）がうめえな」

品川宿（しながわじゅく）から来た客が言った。

「若え(わけ)のにいい腕してるじゃねえか。酢の塩梅(あんばい)がちょうどいいや」

そのつれがほめる。

「ありがたく存じます、へへへ」

千吉は満面の笑みになった。

「あんまりおだてないでくださいまし」

おちよが客に言う。

「ときどき調子に乗るからよ、ここの二代目は」

湯屋のあるじが言った。

「ほめられると調子が出ますから。はい、お待ちで」

千吉が次の肴(さかな)を出した。

「えーと、これは何ていうお料理?」

おようが小声でたずねた。

「揚げ長芋(ながいも)の鼈甲(べっこう)あんかけ」

千吉は答えた。

「揚げ鼈甲ね」

「略しちゃ駄目だよ」

若夫婦が掛け合う。

「お待たせしました。揚げ長芋の鼈甲あんかけでございます」

おようが一枚板の席へ運んでいった。

「よく言えたね」

元締めが笑顔で受け取る。

座敷にはおちよとおけいが運んだ。

「こりゃ凝ってるな」

岩本町の名物男が食すなり言った。

「おいらが運んだ長芋がうめえ」

野菜の棒手振りがそこをほめた。

「この宿へ来た甲斐があったな」

「呼び込みのとおり、料理自慢の旅籠だ」

品川宿から来た客が言った。

長芋を揚げ、その上から大根おろしをたっぷり盛り付ける。

そこへかけるのが鼈甲あんだ。だしが八、味醂が一、醬油が一の割りで煮立て、水溶きの吉野葛を加えてとろみをつける。鼈甲色に光るうまい餡だ。

さらに、おろし生姜、刻み葱、削り節、それにもみ海苔を加えて供する。

「揚げ出し豆腐でもおいしそうだね」

元締めが言った。

「もちろんです。今日はいい長芋が入ったので」

千吉が笑みを浮かべた。

「おいらのおかげさ」

富八が胸を張ったとき、のれんがふっと開いて常連客が顔を見せた。

「いらっしゃいまし」

おようが笑顔で迎える。

「あっ、平ちゃんに、あんみつの旦那」

千吉の顔がぱっと輝いた。

のどか屋に姿を見せたのは、黒四組の二人だった。

四

「やっぱり評判になってたな、かどわかしは」

安東満三郎はそう言うと、おのれの名がついているあんみつ煮を口に運んだ。油揚げの甘煮だ。砂糖と醤油だけですぐつくれるから、客の顔を見てからさほど間を置かずに出すことができる。

「湯屋のお客さんがかわら版を持ってきたんで、あわてて一枚買ってこっちへ来たんでさ」

寅次が言う。

「べつにあわてて知らせにこなくたって」

半ば引っ張られてきたらしい富八が言った。

「いや、ここは十手持ちだからよ」

湯屋のあるじは神棚を指さした。

そこには小ぶりの十手が飾られていた。のどか屋の親子に託された、ほまれの十手だ。

「十手って言ったって、黒四組のだがよ。……うん、甘え」

黒四組のかしらの口から、お得意の科白が飛び出した。

将軍の履物や荷物などを運ぶのが主たるつとめの黒鍬の者は、三組まであることが知られている。しかし、世に知られない四組目もあった。日の本を股にかけた悪党どもを追う黒四組だ。

影御用がお役目の黒四組のかしらは一風変わった舌の持ち主だった。とにかく甘いものに目がない。甘ければ甘いほどよく、甘いものさえあればそれでいくらでも酒が呑めるというのだから、江戸広しといえどもこんな御仁はなかなかお目にかかれない。

「十手は十手で」

初めての客もいるから、千吉は小声で言った。

黒四組の面々は古くからのなじみだ。千吉とおちよは持ち前の勘ばたらきで、あるじの時吉は鍛えの入った剣術の腕で咎人の捕縛に力添えをしてきた。そのおかげで、のどか屋の神棚にはほまれの「親子の十手」が飾られるようになった。町方ではなく黒四組の十手で、房飾りの色は初代のどかから続く猫の毛並みにちなんだ薄茶色になっている。

「ところで、ていねいな口調のかどわかし犯に何かあたりはついてるんですかい？」

元締めがたずねた。

「まあ、あたりはあるような、ねえようなだな」

安東満三郎ははぐらかした。

「てことは、なくもねえんですな」

湯屋のあるじがそれと察して言った。

「いや、すぐひっ捕まえられるわけじゃねえんだ。居場所も分からねえしよ」

黒四組のかしらはそう言うと、あんみつ煮の残りを胃の腑に落とした。

「また手がかりを伝えてくんな、千坊」

万年平之助（まんねんへいのすけ）同心が声をかけた。

日の本じゅうが縄張りの黒四組だが、やはり江戸が柱だ。そこで、江戸だけを縄張りとする万年同心が配されている。一見したところ町方の隠密廻り同心で、どうも所属がはっきりしないから幽霊同心とも呼ばれている。

「分かったよ、平ちゃん」

仲のいい千吉が気安く答えた。

ややあって、次の肴が出た。

鯖と椎茸（しいたけ）の挟み焼きだ。

こっくりと甘辛く煮た椎茸と、塩を振って四半刻（しはんとき）置き、小骨を抜いてからそぎ切りにした鯖の身を交互に置いて金串を打つ。

この両面をこんがりと焼く。椎茸からいい煮汁が出るから、ことのほかうまい。

「しめ鯖もいいけど、こいつもうめえな」

ずっと居座っている湯屋のあるじが笑みを浮かべた。

「ほんに、同じ鯖でも椎茸と合わせるとまた乙だな」

「こりゃまた凝った肴で」

品川宿の客も満足そうだ。

「ただの塩焼きだと脂や青臭さが残るんで、椎茸と合わせてみたんです」

千吉が手の内を明かした。

「二代目は気張ってるから」

元締めが持ち上げた。

「まあそんなわけで、町方からうちへ助けの頼みがあるかもしれねえ。やたらていねいなかどわかしに心当たりがあったら伝えてくんな」

安東満三郎はそう言うと、猪口を置いた。

どうやらほかにも廻るところがあるらしい。早くも腰を上げる構えだ。

「承知しました。あるじにも伝えておきます」

おちよが引き締まった顔つきで答えた。

五

黒四組の二人に続いて、岩本町の御神酒徳利も腰を上げた。

品川宿から来た二人の客は、見世物を見物しに両国橋の西詰へ出かけていった。

「では、わたしもよそを廻ってくるかね」

元締めの信兵衛も続いた。

「ご苦労さまです」

若おかみが明るく見送った。

のどか屋ではよくあることだが、客が続けざまに出て凪(なぎ)のような時が来ることがある。

ただ、その日の凪は長く続かなかった。

常連が二人、やや急ぎ足で入ってきたのだ。

大和梨川藩(やまとなしがわはん)の二人の勤番の武士だった。すらりとしていて容子(ようす)のいい剣の達人が杉(すぎ)山勝之進(やまかつのしん)、小柄で眼鏡をかけた囲碁の名手が寺前文治郎(てらまえぶんじろう)だ。

「今日はあいさつと打ち合わせがてら、寄らせてもらいました」

杉山勝之進が言った。

「長々とお世話になりましたが、御役がついて国へ帰ることになりまして」

寺前文治郎が笑みを浮かべた。

「それはそれは、おめでたく存じます。まあおかけくださいまし」

おちよが身ぶりをまじえた。

「いろいろ寄るところがあるので、今日はお茶だけで」

「あさってまた、次の二人組と御家老とともに寄らせてもらいますので」

二人の勤番の武士が言った。

「承知しました。では、いまお茶を」

千吉がおように目で合図をした。

若おかみがすぐさま動く。

「御家老も見えられるんですか」

大おかみのおちよが驚いたように言った。

「へえ、そうですねん」

寺前文治郎がにやりと笑った。

「どうしてものどか屋のあるじにあいさつしたいということで。ついては、あさっての八つごろ（午後二時）にまいりますので、こちらに詰めていただければと」

杉山勝之進が段取りを進めた。

「承知しました。あさってなら段取りができますので」

おちよが答えた。

ほどなく茶が入った。おようが運んでいった茶を呑みながら、さらに話を続ける。

「そうしますと、御家老を入れて五人さまですね？」

おちよが念を押すようにたずねた。

「そのとおりで。座敷を貸し切りでお願いしますわ」

寺前文治郎が言った。

「承知しました。祝いの宴ということでよろしゅうございますか」

千吉がたずねる。

「いや、ただの引き継ぎと……うーん、何やろな」

囲碁の名手は首をひねった。

「栄転祝いではあるな」

剣の達人が少し声を落として答えた。

「次の勤番の方のでしょうか」

おちよが問う。

「いや、まあ、御家老のということで」

何がなしに肚(はら)に一物(いちもつ)ありげな様子で、寺前文治郎が答えた。

「では、あさってよしなに」

茶を呑み干した杉山勝之進が腰を上げた。

「承知しました。腕によりをかけておいしいものをおつくりします」

千吉が気の入った声で言った。

「お待ちしております」

おようが一礼する。

「あるじに伝えておきますので」

おちよも笑顔で言った。

第二章　牡蠣づくし

一

翌日——。

浅草の長吉屋は二幕目に入っていた。

一枚板の席の厨には、あるじの長吉の代わりをつとめる時吉と、若い弟子が入っていた。今日は千吉の兄弟子の信吉だ。

奥の本厨で料理をつくり、それぞれの部屋へ女衆が運んでいく。富士や大井川やその他もろもろの名がついた部屋では、人数に合わせて落ち着いて食事や宴を楽しむことができた。

花板の時吉は、一枚板の席の客に料理を供しながら、折にふれて本厨に指示を送っている。若い衆に料理を教えるつとめもあるから、休むいとまもないくらいだ。

「そうかい、勤番のお武家さまがたは交替かい」

隠居の大橋季川がそう言って、猪口の酒を呑み干した。

久しく毎日のようにのどか屋に顔を出していたが、腰の具合を悪くしてしまったため、このところは按摩（あんま）の療治を兼ねて泊まる日のほかは長吉屋に通っている。もともとはこちらのほうの常連で、長吉の娘であるおちよの俳諧の師だから、長く深い付き合いだ。

「あした、うちで引き継ぎの宴をやらせていただくことになっています」

厨で手を動かしながら、時吉が言った。

「千坊がやるのかい」

隠居が問う。

「それは二代目の腕の見せどころですね」

善屋のあるじの善蔵（ぜんぞう）が言った。

元締めの信兵衛が持っている旅籠のうち、善屋はいちばん浅草寄りにある。そのため、善蔵だけはのどか屋ではなく長吉屋に通っていた。

「いや、さすがに荷が重いので、わたしがのどか屋に詰めてやります」

時吉はそこで声を落とした。

「なにぶん、御家老までお忍びで見えられるそうなので」

のどか屋のあるじはそう告げた。

「へえ、それは大変です」

と、善蔵。

「ずいぶんと物々しいものだね」

隠居の顔に驚きの色が浮かんだ。

「わたしもちよから聞いて驚きました。……はい、お待ちで」

時吉は出来たての肴を出した。

牡蠣（かき）の煮おろしだ。

江戸前の牡蠣の身を、酒と味醂と醤油を同じ割りにした地にしばらくつけておく。それから粉をまぶし、黄味衣（きみごろも）に通してからりと揚げる。

揚げてから、さっと煮る。煮汁はだしに醤油と味醂を加えたものだ。

ここに、水気を絞った大根おろしをたっぷり加える。器に盛ってから煮汁を張り、香りづけにあさつきを添えれば出来上がりだ。

「相変わらずの手わざだね」

隠居が温顔をほころばせた。

「いい牡蠣に恵まれましたので」

時吉が答えた。

「いや、こういう衣装をまとわせるのは料理人の手柄だよ」

隠居がそう言って箸を動かした。

「牡蠣が喜んでいます」

善蔵が満足げにうなずく。

「では、お次も牡蠣で」

時吉が笑みを浮かべた。

「もろみ漬けもございますが」

信吉がすすめた。

「なら、牡蠣づくしでいいよ」

隠居の白い眉がやんわりと下がった。

「承知しました」

時吉はさっそくまた手を動かした。

今度は海苔(のり)揚げだ。

海苔をちぎって衣にして揚げると、牡蠣のうま味がさらに引き立つ。

もろみ漬けは牡蠣の身を味噌床にひと晩つけ、軽くあぶって供する。これまたこたえられない酒の肴だ。

ここで女衆の一人が厨に来て声をかけた。

「牡蠣大根鍋（だいこんなべ）を締めにお願いします」

今日は牡蠣好きの客の宴が入っている。おかげでずいぶんと牡蠣を仕入れていた。

「はい、承知で」

すぐさま答えると、時吉は弟子のほうを見た。

「下ごしらえを頼む」

「へいっ」

信吉は短く答えた。

大根と牡蠣を熱湯にくぐらせてあくを抜き、水と酒に昆布と醤油を入れた煮汁で煮るだけの料理だが、これがさっぱりしていて実にうまい。一味唐辛子（いちみとうがらし）を振ると、味がぴりっと締まる。

「この衣も格別だね」

牡蠣の海苔揚げを食した隠居が満足げに言った。

「もろみ漬けもうまいです」

善蔵が和す。

「ありがたく存じます」

時吉は一礼した。

そのとき、客が二人入ってきた。

一人は常連で、上野黒門町の薬種問屋、鶴屋の隠居の与兵衛だった。

唐桟の着物をまとったもう一人は、初めて見る顔だった。

二

これをしおに、油を売りに来ていた善屋のあるじが旅籠に戻り、長吉屋の一枚板の席の客は三人になった。いっぱいに詰めれば七人まで座れるが、それではいささか窮屈だ。三、四人がいちばんゆったりしていていい。

「紹介するよ」

鶴屋与兵衛が新顔の客のほうを手で示した。

「小伝馬町の書肆、灯屋のあるじの幸右衛門さんだ」

「ああ、何度も前を通って、書物を贖ったこともあるよ」

隠居がすぐさま言った。

「ありがたく存じます。販売ばかりでなく、版元もやらせていただいております、灯屋幸右衛門でございます。どうかよしなに」

書肆のあるじだが、何がなしに噺家も想わせる声音だ。

「こちらが話をしていた、長吉屋のいまのあるじの時吉さんだ」

続いて時吉を紹介する。

「いえいえ、あるじはまだ長吉で」

時吉はあわてて手を振ってから続けた。

「いま諸国にちらばった弟子の見世をたずねて廻っておりまして、その留守を預かっているだけです」

「でも、いずれ継ぐことになるんだろう?」

与兵衛が言った。

「それはまあ、ちよの娘婿でもありますから」

時吉はややあいまいな顔つきで答えた。

「いずれにしても、今日は長吉屋さんに一つ頼みごとがあってまいりまして」

灯屋のあるじが言った。

「さようでございますか。とりあえず御酒（ごしゅ）と肴のご用意を」

時吉はいくらか表情をやわらげた。

肴は牡蠣ばかりでなく、鱚や海老、それに肉厚の椎茸の天麩羅などを出した。書肆のあるじはなかなかの健啖（けんたん）ぶりで、牡蠣めしはお代わりを所望（しょもう）したほどだった。

一枚板の席に肴を出しているあいだに、宴の客の料理も受け持つ。長吉屋の厨は今日も大忙しだ。

その波がようやく引いたのを見計らって、灯屋のあるじは用向きを切り出した。

「手前どもの灯屋は書物を見世にて売るばかりでなく、版元も兼ねております。蔦屋（つたや）さんなどに比ぶればいたってささやかなあきないですが、草双紙（くさぞうし）からお役立ちの本までいろいろと出させていただいております」

幸右衛門はよどみなく言った。

江戸の本屋は数多い。そのうち、学問や宗教などの硬めの書物を出すのが書物屋で、物の本屋とも呼ばれる。一方、浮世絵や絵入りの草双紙など、肩の凝らない本を扱うのが絵草紙（えぞうし）屋で、地本（じほん）問屋とも言う。灯屋は後者のほうだが、人々の暮らしに役立つ本もいろいろと世に送ってきた。

「たとえば、こういうもので」

灯屋のあるじはふところから風呂敷包みを取り出した。

開くと、中から現れたのは一冊の薄い料理指南書だった。

『人参百珍』と読める。

「ああ、それなら持っております」

時吉が笑みを浮かべた。

「さようでございましたか。それはそれは、ありがたく存じます」

幸右衛門は大仰に頭を下げた。

「時さんは学びに熱心だから」

隠居が温顔をほころばせた。

「持ってるかもしれないよとは言ったんだがね」

灯屋とかねて親しいらしい鶴屋の隠居も笑う。

「百珍もののなかでも珍しい食材だったので重宝しました」

時吉が言った。

「『豆腐百珍』が当たってからというもの、雨後の筍のごとくに後追い本が出されてきましたが、これもその筍の一本で」

幸右衛門が手にしたものを一枚板の上に置いた。

『豆腐百珍』は天明二年（一七八二）に大坂で開板された料理書で、百種もの豆腐の調理法を紹介して大当たりを取った。爾来、大坂ばかりでなく江戸でも柳の下の泥鰌を狙って百珍ものが陸続と上梓された。

「人参はなかったんだねえ」

少し意外そうに、薬種問屋の隠居が言った。

「ええ。大根や茄子や鯛、それに、珍しいところでは海鰻などもありましたが、人参は見当たらなかったものですから。もしかすると、大坂などで出ているかもしれませんが」

灯屋のあるじが答えた。

「人参をかつらむきにしてきんぴらにするのは、前からやっておりました。舌ざわりが違って、またおいしくなりますので」

時吉が笑みを浮かべた。

「これは専門の料理人に書かせたのかい？」

季川が版元にたずねた。

「ええ、もちろんでございます。つきましては、料理屋の番付の上位に載っておられる長吉屋さんに、長年培ってきた料理の腕を紙の上でご披露していただきたいと存じまして、まかり越した次第でして」

幸右衛門は如才なく言った。

「すると、新たな百珍ものでしょうか」

時吉が手を止めてたずねた。

「百珍ものは出尽くした感がございますので、早指南ものをお願いできればと」

灯屋のあるじが言った。

「長吉さんが諸国を行脚中だということは伝えてあるので、べつに急ぐ話じゃないんだ」

与兵衛がそう言って、牡蠣のもろみ漬けを口中に投じた。

「長さんが帰ってきたところで、料理指南書の筆をいそいそと執るとはとても思えないがね」

隠居が苦笑いを浮かべた。

「旅先から一度も文が来ないくらいですから」

時吉がそう言ったから、長吉屋の一枚板の席に和気が漂った。

「実際に筆を執る者は、手前どものほうで段取りを整えます。長吉さんや時吉さんは、料理づくりの勘どころをしゃべっていただければ書物のかたちに整えさせていただきますので」

灯屋のあるじが軽い身ぶりをまじえて言った。

「しゃべるにしても、どういう料理を紹介するか、あらかじめ入念に打ち合わせておかないとね」

季川が言う。

「ええ。しかし、わたしの一存では決めかねるところが……」

時吉は慎重な姿勢を見せた。

「それはもちろんです。ひとまず話を通しておいて、長吉さんがお戻りの際にご相談いただければと。また、もし万が一、長吉さんが不承知だということになれば、のどか屋さんのほうでご執筆願えれば幸いかと」

幸右衛門はよどみなく言った。

「えっ、うちのほうでですか？」

時吉の顔に驚きの色が浮かんだ。

「さようです。旅籠付きの小料理屋の草分けとして、のどか屋さんはその筋では名の通ったお見世です。それに、跡取り息子の千吉さんとともに、これまでさまざまな手柄をあげられ、かわら版でも喧伝されてきました。のどか屋さんの名で出させていただいても、早指南ものなら充分にあきないになると考えております」

灯屋のあるじは算盤を弾いた。

「いっそのこと、千坊に書かせてみたらどうだい」

半ば戯れ言で、もと俳諧師の隠居が言う。

「いやいや、せがれはまだ腕が甘いので」

時吉は取り合わなかった。

「で、『料理早指南』も、『豆腐百珍』ほどではないにせよ、似たような書物が出されてきました」

灯屋のあるじが話をそこに戻した。

「二番煎じと言われないような指南書にしないとね」

鶴屋の隠居が言う。

「まあ、二番煎じは二番煎じで手堅いあきないにはなるのですが、中興の祖と申しましょうか、再びの『料理早指南』とでも称すべき、範となる書物を世に送り出すことができれば、手前どもも版元冥利に尽きます」

幸右衛門は調子良く言った。

『料理早指南』は、いまなお江戸期の料理本の代表格としてその名が伝わっている。初編が出たのは享和元年（一八〇一）年で、以来、年に一冊の割りで続編が刊行された。

　初編は本膳、会席料理、精進料理について。二編は弁当などの重箱料理、三編は塩物肴、干し魚の料理に卓袱料理など、四編は汁物や酢の物の料理法が要領よく記された『料理早指南』は、料理本の範とするに充分な内容だった。

「ここは意気に感じて引き受けないとね、時さん」

　季川の白い眉がやんわりと下がった。

「後々の世にまで残る仕事になるかもしれないよ」

　与兵衛も風を送る。

「まずは、頭の片隅にお留め置きいただいて、正式には長吉さんが戻られてからということで」

　灯屋のあるじが笑みを浮かべた。

「承知しました。せがれにも伝えておきます」

　時吉はだいぶ乗り気になった表情で答えた。

「長吉、時吉、千吉、三代の知恵を集めた書物になるかもしれないね」

鶴屋の隠居が言う。

「そのうち、横山町ののどか屋さんにも番頭とともにごあいさつにうかがいますので」

幸右衛門はどこまでも如才なく言った。

「お待ちしております」

時吉はていねいに頭を下げた。

三

翌日——。

のどか屋の前に、こんな貼り紙が出た。

本日、二幕目はかしきりです

中食は、たたき丼膳

四十食かぎり

「たたき丼って珍しいな」

　貼り紙に目をとめた左官衆の一人が言った。

「何のたたきだい？」

「見世へ入ったら、おかみにたたかれるんだよ」

「んな馬鹿な」

「とにかく入ろうぜ」

「おう」

　そろいの半纏の左官衆は、どやどやとのれんをくぐっていった。

「いらっしゃいまし」

　おようが真っ先に声を発した。

「今日もいい声だな」

「おっ、あるじも厨かい？」

　時吉の顔を見て、左官衆の一人が言った。

「二幕目に貸し切りの宴があるものですから」

　時吉が答えた。

　大和梨川藩の江戸詰家老まで来るという話だから、粗末なものは出せない。奥の生け簀にはとびきり立派な鯛が入っていた。

千吉も小気味よく包丁を動かし、たたき丼の膳が次々に仕上がっていった。

鯛と鯵と烏賊を細かく切り、薬味を加えてたたく。薬味はみじん切りにした茗荷と葱と生姜だ。包丁ですべてがうまくなじむように要領よくたたいていく。

もう一つ、炒めた若布も入る。平たい鍋に胡麻油を引いて炒め、醬油で味つけをしてから取り出して冷ましておく。

役者がそろえば、あとは盛り付けだ。

ほかほかの飯に削り節を散らし、味のついた若布を据える。これは味の座布団のようなものだ。その上に薬味をなじませたたたきを置き、さらに青紫蘇のせん切りを添え、炒り胡麻を散らす。なかなかに手の込んだ丼に、豆腐と葱と油揚げの味噌汁と小鉢がつく。のどか屋自慢の中食の膳だ。

「こりゃ、いくらでも胃の腑に入るな」

「魚も薬味もいいつとめをしてるじゃねえか」

「左官と大工と鳶が家を建てるみてえなもんか」

左官衆の評判は上々だった。

その後も客は次々にのれんをくぐり、だれも残すことなくきれいにたたき丼を平らげた。

のどか屋の中食の膳は、今日も好評のうちに売り切れた。

四

「あんたたちも粗相がないようにね」

見世の前を掃き清めながら、おちよが小太郎としょうに言った。

むろん、猫の知ったことではない。二匹の雄猫は追いかけっこをして勝手に遊んでいた。

「では、呼び込みに行ってきます」

おようが声をかけた。

「早くお客さんを見つけて帰ってきますので」

おけいが和す。

「ああ、ご苦労さま。よろしくね」

おちよが送り出した。

時吉と千吉は、宴の支度に余念がなかった。

二人の勤番の武士の引き継ぎだけならともかく、江戸詰家老までわざわざ足を運んでくださるのだ。無駄に華美なものはお上からもまかりならぬと言われているが、客の格に合ったものは出さねばならない。

「鯛の塩釜、上がりました」

千吉が時吉に言った。

例の料理指南書の話はすでに千吉に伝えた。のどか屋の二代目は「ほまれだから」と大いに乗り気だった。まだ長吉にも話を通さねばならないのに、明日にも下書きを始めそうな勢いだ。

「うん、いいだろう。あとは天火にかけるだけだ」

時吉は検分してから言った。

生け簀や天火（現在のオーブン）が備わっている旅籠は、江戸広しといえどものどか屋くらいだろう。

そんな調子で料理の支度が続くのどか屋に、二人の常連客が姿を現した。

湯屋のあるじの寅次と野菜の棒手振りの富八、岩本町の御神酒徳利だ。

「相済みません、今日の二幕目は貸し切りで」

おちよが申し訳なさそうに言った。

「あらあ、ちょいと間が空いたから来てみたら」

寅次が額に手をやった。

「しょうがねえや」

富八が苦笑いを浮かべた。

「なら、大松屋と巴屋をのぞいて、お客さんがいたら一緒に帰るか」

湯屋のあるじが言った。

「おいらは久々に芝居小屋にでも」

富八もすぐさま切り替えて言った。

「またのお越しを。相済みません」

おちよは重ねてわびた。

二人を見送ってほどなく、大和梨川藩の面々の姿が見えた。

黒塗りの駕籠の前を、四人の武家が早足で進んでいる。

ひときわ背が高い杉山勝之進がおちよの姿を見て、さっと右手を挙げた。

「見えたわよ、おまえさん。ご家老の駕籠」

おちよが見世に向かって告げた。

「いま行く」

時吉の声が返ってきた。

「ちょうど下ごしらえの途中で」

千吉が困り顔になった。

「おまえは出なくていい」

時吉は口早に言った。

勤番の武士たちが着いた。

杉山勝之進は涼しい顔だが、小柄な寺前文治郎は額に玉の汗だ。

「ご苦労さまでございます」

おちよが頭を下げた。

駕籠が止まった。

「どうぞ、ご家老」

新たな勤番の武士とおぼしい二人が手を貸す。

のどか屋の前に、大和梨川藩の江戸詰家老が姿を現した。

「えっ」

時吉の顔に驚きの色が浮かんだ。

おちよと目が合う。

「久しぶりやな」

懐かしい顔が言った。

それは、かつての勤番の武士、原川新五郎（はらかわしんごろう）だった。

第三章　鯛の塩釜と焼き柿

一

「これが最後のつとめっちゅうことになってな」

原川新五郎がそう言って、姿盛りの鯛の刺身に箸を伸ばした。

「ご出世で何よりです、原川さま」

おちよが笑みを浮かべて酒を注いだ。

「それにしても、今浦島の心地やな。こんな小さかった千坊が厨で料理の腕をふるうどころか、女房までもろたとは」

原川新五郎が身ぶりをまじえた。

すでに宴が始まっている。両国橋西詰での呼び込みはいま一つだったが、今日は宴のほうが眼目だ。若おかみのおようとおけいは早めに打ち切って戻ってきた。

「勤番のお武家さまが原川さまと国枝さまだったころ、千吉はまだこんな背丈でしたから」

今度はおちよが手つきで示した。

「国枝さまはお達者で?」

時吉が厨からたずねた。

「ああ、達者や」

原川新五郎が笑みを浮かべた。

かつてはぬりかべのごとき偉丈夫だったのだが、齢を重ねていくらかほっそりとした。鬢も白くなり、幅も細くなった。ただし、血色は良く、まだまだこれからひと働きという気配だ。

「目ェをしょぼしょぼさせながら書きものをしてるわ」

原川はかつての盟友、国枝幸兵衛の真似をした。

「大和梨川藩の勘定奉行様なので」

交替で郷里へ帰る寺前文治郎が言った。

「文治郎は国枝様の懐刀になるのです」

杉山勝之進が告げた。

「それはお似合いかも」

と、おちよ。

「ゆくゆくは文治郎も勘定奉行だ」

杉山勝之進が白い歯を見せた。

「勝之進は錬成館の館長になるので」

寺前文治郎が友のほうを手で示す。

「若輩には荷が重いですが」

剣術の名手が謙遜して言った。

「まあ、そんなわけでよろずに代替わりや。江戸詰家老も神尾様が亡くなられたこともあり、わしのごとき者に白羽の矢が立ったわけだ」

原川新五郎が言った。

「神尾様が」

時吉の顔つきが曇った。

神尾家は大和梨川藩の重臣の家系で、磯貝徳右衛門と名乗っていたころの時吉ともいろいろと関わりがあった。

「そや。まあそっちのほうの話は追い追いするとして……」

もと勤番の武士は、次の料理を運んできた千吉のほうを見た。

「跡取りさんは足が治ったんやな。いますいすい歩いてきたで」

原川新五郎が目を瞠(みは)った。

「ああ。原川さまが勤番だったころは、まだ療治を始めたばかりでした」

おちよが感慨深げに言った。

「あれから、千住(せんじゅ)の骨接ぎの若先生にいい療治道具をつくっていただいて、粘り強く療治をしているうちにまっすぐになってきたのです」

時吉が厨から言った。

「おかげさまで。いまは走ることもできます」

千吉はそう言ってから大皿を置いた。

「お待たせいたしました。鯛の塩釜でございます」

二代目は身ぶりをまじえた。

「この木槌(きづち)で、外側の塩をたたいて剝がしてくださいまし」

一緒にやってきたおようが大ぶりの木槌を渡した。

「息が合(お)うてるな」

新たな江戸詰家老が笑う。

「それがしがたたきましょう」

杉山勝之進が手を伸ばした。

「おう、頼む」

原川新五郎が木槌を渡した。

「では」

故郷の錬成館の館長になる男は、小気味よく手を動かし、固まった塩をたたいて釜を壊していった。

「こら、うまそうや」

江戸詰家老が笑みを浮かべる。

「鯛の塩釜を天火で蒸しあげると、じんわりと火が通るので、鯛の身がふっくらとするんです」

おちよが笑顔で言った。

「ほな、さっそく食おか」

原川新五郎が箸を取った。

「はい。稲岡と兵頭も食え」

先輩格の杉山勝之進が言った。

「遠慮せんでええさかい」

寺前文治郎が和す。

「では、いただきます」

二の腕がよく張った若者が箸を取った。

稲岡一太郎（いちたろう）だ。

名は一太郎だが、剣法は二刀流で、藩でも指折りの腕前を誇っている。杉山勝之進の跡継ぎとしてはまず申し分のない男だ。

「頂戴します」

兵頭三之助（さんのすけ）が一礼した。

一と三だから憶えやすい。こちらは寺前文治郎の跡継ぎで、寺前は囲碁の名手だが、兵頭は将棋の才能が抜きん出ていた。詰将棋などはたちどころに解いてしまう頭脳の持ち主で、藩邸でも重きを置かれそうだというもっぱらの噂だった。

「おお、こらうまい」

鯛の身を食すなり、原川新五郎が相好（そうごう）を崩した。

「ああ、こんなうまい料理も食い納めやな」

寺前文治郎がややさびしそうに言った。

「これからは、それがしが代わりにいただきますので」

将棋の名手がそう言ったから、宴の場に笑いがわいた。

二

その後も、鯛の兜焼きや天麩羅の盛り合わせなどが次々に出た。厨は大忙しだ。

「手が空いたら、あるじもこっちへ来てくれ。ちょっと相談もあるさかい」

原川新五郎が言った。

「承知しました」

鯛茶の支度をしながら、時吉は答えた。

「おっ、前にいた猫か？」

ひょこひょこと歩いてきた二代目のどかを見て、原川新五郎が驚いたように言った。

「いえいえ、二代目で。初代ののどかはそこを出たところで猫地蔵になっております」

おちよが身ぶりをまじえた。

「そやったんか。おんなじ柄やから、ずっと長生きしてるのかと思たわ」

原川新五郎が笑みを浮かべた。

「のどか屋さんからは、ずいぶんと猫侍を頂戴しまして」

杉山勝之進が告げた。

「鼠(ねずみ)を捕る猫侍やな」

初代の勤番の武士が言う。

「もらっていただいて助かっております」

おちよが如才なく言った。

「のどか屋の猫は鼠をよう捕ってくれるんや」

囲碁の名手が将棋の名手に言った。

「なら、また折にふれていただきに」

兵頭三之助が言った。

「よろしゅうお願いいたします」

おちよがていねいに頭を下げた。

ここで鯛茶ができた。

「これで一段落ですので」

時吉が言った。

「お待たせいたしました。どうぞ」

若おかみのおようが一つずつ碗を置く。

「こら、うまそうや」

原川新五郎がのぞきこんで言った。

昆布締めにした鯛の切り身をのせ、胡麻だれと大葉などの薬味を添え、だしをかけていただく。煎茶のときもあるが、今日は濃からず薄からずの絶妙のだしだ。

「なら、食うてからにするわ」

江戸詰家老がさっそく箸を動かした。

「どうぞ」

時吉が軽く身ぶりをまじえて言った。

「うまいなあ」

稲岡一太郎が相好を崩した。

「大和梨川じゃ、鯛はなかなか出ませんので」

兵頭三之助が和す。

「出たと思たら、菓子の押しものの鯛やったりするさかいにな」

原川新五郎がそう言ったから、のどか屋に笑いがわいた。

好評のうちに、鯛茶の碗がみな空になった。

片付けが終わったところで、千吉も呼ばれた。

江戸詰家老の話を、のどか屋のみなで聞く構えになった。

三

「あるじもわたしも、先々代の良継公には世話になったもんや」

いくらか遠い目で、原川新五郎が言った。

筒堂若狭守良継のことだ。大和梨川藩は代々、筒堂家が治めてきた。

「はい。いまでもときどきお顔が思い出されてきます」

時吉が感慨深げに答えた。

「わたしと国枝が案内役で、あるじに大和梨川まで来てもろたことがあるのや。余命いくばくもない殿に、なつかしい江戸の料理を味わってもらうために」

原川新五郎は二代目の若夫婦に告げた。

「そのお話は、父から聞いております」

千吉がしっかりした受け答えをした。

「あのときに亡き殿におつくりしたものは、料理人として生涯忘れられぬものとなっております」

時吉はそう言って瞬きをした。

「ほんまに、惜しい方を亡くしたもんや」

原川新五郎がしみじみと言った。

「情に厚い、名君でした」

時吉がうなずく。

「で、あるじの耳にも入ってると思うが……」

江戸詰家老は座り直して続けた。

「どうもわが藩主には蒲柳(ほりゅう)の質(しつ)のお方が多く、先々代の跡を継いだ先代もまた若くしてこの世を去ってしまわれた。そこで、家系としては傍流(ぼうりゅう)ではあるものの、頑健なお方を藩主にお迎えし、その治世が長く続くようにしよやないかっちゅうことで、どうにか話がまとまったわけや。ま、おもに旗を振ったのはこのわたしやけどな」

原川新五郎がおのれの胸を指さした。

「それは仄聞(そくぶん)しております」

時吉が答えた。

「初めは抗うような動きもあったと聞きおよびましたが」

杉山勝之進がひざを崩さずに言った。

「そや」

原川新五郎は猪口の酒を少し苦そうに呑み干した。

「なにぶん、江戸に着いたばかりの殿、筒堂出羽守良友公は、傍流もええとこやさかいにな。世が世なら、絶対に藩主にはなれへん」

江戸詰家老はそう断言した。

「では、よほど優秀なお殿様なんですね？」

おちよがたずねた。

「優秀っちゅうか……どやろな」

原川新五郎は首をひねった。

「少なくとも蒲柳の質ではありますまい」

一緒に江戸へやってきた稲岡一太郎が言った。

「ああ、それだけはない。元気すぎて、周りがえらい振り回されてるさかいにな」

原川新五郎は苦笑いを浮かべた。

「それは先々代の殿とはまったく違いますね」

時吉が言う。

「まあ、元気なのはええことで。馬に乗って領内の見廻りなんかもしてはったくらいやから。ただ……」

江戸詰家老は注がれた酒をまた呑み干してから続けた。

「何ちゅうか、糸の切れた凧みたいに飛んでいきかねんとこがあるさかいになあ。お付きのもんは苦労するやろ」

「糸の切れた凧ですか」

と、おちよ。

「そや。いろんなもんを面白がって、おのれで見聞きしたがるのはええことはええことなんやけど、お付きのもんは振り回されるばっかりや」

原川新五郎はあいまいな顔つきになった。

「それがしは覚悟しております」

稲岡一太郎が言った。

「それがしも、殿の将棋の師匠っちゅうことになっておりますので、お守り役の数のうちで」

兵頭三之助が和した。

「ただ、いまの殿のえらいとこは……」

原川新五郎はおちよの顔をちらりと見てから続けた。

「何にでも興味を示すものの、新吉原なんぞには行きたがらん。そっちのほうはいたって堅い人やさかいに、まあ安心や。よその殿様のなかには、花魁に入れあげてえらい顰蹙を買うたりするお人もいるさかいにな」

「身持ちは良い方なんですね」

と、時吉。

「そや。色気より食い気やな。あとは芝居や見世物といった、下々の喜ぶものにいたく興味を示される。で、そこでや」

江戸詰家老は、勤番の武士が注いだ酒をまた呑み干してから続けた。

「このあいだ、話の流れで、ここの話になってな、おかみ」

原川新五郎は畳を指さした。

「もしや、ひょっとして……」

おちよはにわかにあいまいな顔つきになった。

「相変わらず、勘がええな」

原川新五郎が笑みを浮かべた。

「殿様がのどか屋へお忍びで？」

千吉がはっきりたずねた。

「そや。江戸の味をお出ししたってくれ、二代目」

江戸詰家老が言った。

「でも、どうしてまたうちになんか」

おちよはいささか当惑顔だ。

「旅籠付きの小料理屋の草分けで、朝の豆腐飯が名物だとお伝えしたところ、にわかに乗り気になられたんです」

杉山勝之進が告げた。

「わたしと縁があったこともお伝えしたら、すぐにでも行きかねない様子でな」

原川新五郎が今度は苦笑いを浮かべた。

「それに、江戸の料理にいたく興味を示されていまして」

稲岡一太郎が言った。

「下手（へた）したら、その辺の屋台にでも行きかねん殿様ですさかいに」

兵頭三之助が言った。

囲碁の名手と同じく、将棋の名手も地の言葉を用いるたちのようだ。

「なら、ある日いきなりお見えになるかもしれないわけですか」

おちよが問うた。

若おかみのおようが思わず「どうしよう」という顔つきになる。

「いや、さすがにそれはない」

江戸詰家老があわてて言った。

「いまは登城の支度やら何やらで忙しいさかい無理やが、そのうち山を越えたらここで一席と思てんねや」

原川新五郎が言った。

「日取りが決まったら、つなぎにまいりますので」

稲岡一太郎が笑みを浮かべた。

「承知しました。それならひと安心です」

時吉が言った。

「やっと心の臓の鳴りが収まりました」

おちよが胸をなでおろしたから、のどか屋に和気が漂った。

四

二人の勤番の武士、杉山勝之進と寺前文治郎はもうあさってに江戸を発ち、大和梨川へ帰るという話だった。

「思い残すことのないように、うまいもんを食うていけ」

江戸詰家老が言った。

「何でもおつくりいたします」

時吉が笑みを浮かべた。

「いや、鯛づくしの料理をたくさんいただきましたから」

杉山勝之進が軽く右手を挙げた。

「あんまり最後にうまんもんを食べたら、未練になりますんで」

寺前文治郎が半ばは戯れ言めかして言う。

「遠慮しないで召し上がりたいものをおっしゃってくださいね。いままでほんとにお世話になって、猫侍も引き取っていただいたので」

おちよが思いをこめて言った。

「では……焼き柿などを頂戴できればと。海のほうではなく、木に成っている柿で」

杉山勝之進は身ぶりをまじえた。

「あの甘いやつやな」

寺前文治郎が和す。

「そうだ。呑み食いしたあとの締めにはまた格別だから」

杉山勝之進は白い歯を見せた。

「承知しました。いまからおつくりします」

時吉が腰を上げた。

「なら、わたしも」

千吉も続く。

幸い、厨には柿が入っていた。

柿は焼くと驚くほど甘くなる。さらに、そこへ上等の味醂を回しかければ、一度食したら忘れられない美味になる。

豆腐飯をはじめとしてのどか屋の名物料理は数々あるが、この焼き柿もその一つだった。秋の宴の締めにはちょうどいいし、わらべも喜ぶ。

「お待たせいたしました。いままでありがたく存じました」

およう が如才なく言って、焼き柿の皿を二つ置いた。

「おう、こらうまそうやな」

真っ先にそう言ったのは原川新五郎だった。

「では、原川さまの分もおつくりします」

厨から時吉が言った。

「頼むわ」

江戸詰家老が右手を挙げた。

「では、それがしも」

稲岡一太郎も続く。

「一人だけ食わんわけにもいきませんので」

兵頭三之助も笑って言った。

こうして、頭数（あたまかず）分の焼き柿がふるまわれることになった。

「ああ、やっぱりうまいな」

杉山勝之進がうなった。

「焼き柿もさることながら、味醂がうまい」

寺前文治郎が満足げに言う。

「こういう味醂は大和梨川では手に入らぬだろう」

杉山勝之進はいささか残念そうだ。

それを聞いて、おちよがさっと厨に向かった。

「味醂をお土産にいかがかしら」

時吉に向かって小声で問う。

「ああ、そうだな。ちょうどいい大きさの樽がある」

時吉はすぐさま答えた。

段取りが整った。

「これは荷になりますが、流山の極上の味醂を江戸土産にいかがでしょう」

時吉はそう言って小ぶりの樽をかざした。

「えっ、味醂をいただけるんですか？」

杉山勝之進が驚いたように問うた。

「そら、江戸の味醂があったら、柿を焼いて食えますけど」

寺前文治郎も言う。

「土産にもろとけ」

原川新五郎が笑みを浮かべた。

「なら、帰ったら瓶に詰め替えて分けよか」

寺前文治郎が乗り気で言った。

「そうだな。では、こちらの荷に。ありがたく存じます」

杉山勝之進が樽を受け取り、折り目正しい礼をした。

みなが焼き柿を食べ終えたころ、青い目の老猫のゆきがひょこひょこと座敷に上がってきた。

「猫侍を何匹も産んでくれておおきにな」

いくらか赤くなった顔で寺前文治郎が言った。

「猫侍を産んだわけではなく、何匹か産んだ子猫から猫侍に取り立てたんだが」

杉山勝之進が笑って言った。

「どっちでもええやないか。……おお、よしよし、長生きせえよ」

故郷へ帰る囲碁の名手が首筋をなでてやった。

ごろごろ、ごろごろ……。

いくたびもお産をしてきた猫は気持ちよさそうにのどを鳴らした。

第四章　秋たけなわ膳

一

けふの中食
秋たけなは膳
栗ごはん　さんま塩焼き　けんちん汁
四十食かぎり　三十八文

のどか屋の前にそんな貼り紙が出た。

「おっ、こりゃうまそうだな」

左官衆が足を止めた。

「『たけなは』ってのは魚ですかい？　かしら」

　若い左官がたずねた。

「物を知らねえな、おめえは。真っ盛りってことだ」

　かしらがあきれたように言った。

「へえ。おいら、竹と縄かと思いました」

　べつの弟子が言う。

　そこへおちよとおようが姿を現わした。

「お待たせいたしました」

「中食を始めさせていただきます」

　大おかみと若おかみがいい声で告げた。

　ほっとするあたたかな色ののれんが見世先にかかる。

「なら、『たけなは』を食っていくか」

　左官衆のかしらが戯れ言めかして言った。

「へい、承知で」

「腹が鳴りやがった」

　若い弟子たちが続く。

「おっ、先を越されちまった」

「ひと足違いか」

今度はそろいの半纏の大工衆がやってきた。

同じ普請場になったこともしばしばあるから、よく知ったる仲だ。

「なら、一緒に食おうぜ」

「おう」

打てば響くようなやり取りで、次々にのれんをくぐっていく。

「いらっしゃいまし……うわあ」

厨の千吉が思わず声をあげた。

客が続けざまに入ってくることは覚悟していたが、のれんを出すなり十人を超えるとは思わなかった。頭数分だけ秋刀魚を焼かねばならないから、いきなり大車輪だ。

「気張って、千吉さん」

おようが声をかけた。

若おかみはまだ「おまえさん」ではなく名で呼ぶ。

「はいよ」

気を取り直したように言うと、千吉はさっそく秋刀魚を焼きだした。

「焦らなくていいからよ」

「生焼けを出されたら困っちまうから」

「生焼けだったらお代は払わねえぜ」

客たちがさえずる。

団扇（うちわ）であおいで煙を逃がしながら、千吉は秋刀魚を手際よく焼きあげていった。たっぷりの大根おろしに醤油をたらしたものを添えれば、秋たけなわ膳の顔ができあがる。

「はい、お待たせいたしました」

「こちらにもどうぞ」

おようとおけいが膳を運ぶ。

「あと三名様、お相席で願います」

おちよが声を張り上げた。

「おっ、猫と相席かよ」

「踏むところだったぜ」

客にそう言われた小太郎としょうがあわてて逃げだした。

「おお、秋はやっぱり秋刀魚だな」

る。


「栗ご飯もうめえぞ」

「栗がほくほくしててよ」

　左官衆が満足げに言った。

「みなで気張って渋皮までむいたので」

　おちよのほおにえくぼが浮かんだ。

　昆布だしと酒と塩で炊いた栗ご飯だ。仕上げに黒胡麻を振ると、さらに香ばしくなる。

「けんちん汁もほっとするな」

「おう、胡麻油の香りがぷーんとしてよう」

　今度は大工衆がほめる。

　大根、人参、里芋（さといも）、蒟蒻（こんにゃく）、焼き豆腐、占地（しめじ）、葱。とりどりの具を胡麻油で炒めてから投じたけんちん汁は、心の底からあたたまるとともに身の養いにもなる。

「ああ、食った食った」

「やっぱり秋は『たけなは』がうめえな」

　左官のかしらがそう言ったから、のどか屋にどっと笑いがわいた。

二

中食の四十食は滞りなく売り切れ、短い中休みを経て二幕目に入った。

例によって、おようとおけいが両国橋の西詰へ泊まり客の呼び込みに出かけた。

幸い、客は次々に見つかった。旅籠には六つの部屋があるが、今日は一階に隠居の季川が泊まる日だから五つでいい。それがまたたくうちに埋まった。

なかには常連客もいた。流山の味醂づくりの二人だ。秋元家の当主の弟の吉右衛門と番頭の幸次郎がいつも江戸へ来てあきないをする。もちろん泊まりは決まってのどか屋だ。

おちよが故郷へ帰る勤番の武士の土産に流山の味醂を持たせたという話をしたところ、味醂づくり冥利に尽きるとどちらもいたく喜んでいた。荷を下ろすと、二人はさっそくあきないに出て行った。

初顔の客は川崎大師の近くから来た。前にのどか屋と縁があった「亀まさ」という見世から聞いたらしい。あるじの亀太郎もおかみのおまさも達者でやっているようだ。

「そういう便りを聞くのは何よりだね」

例によって一枚板の席に陣取った元締めの信兵衛が笑みを浮かべた。

「ほんとに。そういう知らせは何よりうれしいです」

おちよが胸に手をやった。

「子がまだ小さいので大変そうですが、見世は繁盛してますよ」

川崎から来た客が笑顔で伝えた。

ここで千吉が肴を出した。

まずは長芋の葱味噌焼きだ。

刻んだ長葱を練りこんだ味噌を、ほどよく蒸してから両面を焼いた長芋にのせ、さっとあぶってから出す。存外に手間がかかるが、その甲斐がある肴だ。

「こりゃ香ばしくてうまいね」

元締めの顔がほころぶ。

「長芋はとろろばっかり食ってたけど、こんな肴にもなるんだねえ」

川崎の客がうなる。

「焼き物や揚げ物などでもいけますから」

千吉が言った。

「なら、それも頼むよ」

客がすぐさま手を挙げた。

「承知しました」

千吉は打てば響くように答えた。

ややあって、長芋と占地の醤油焼きができた。野田の醤油の醸造元、花実屋ものどか屋と縁がある。とびきりの醤油を使っているからことに香ばしい。

「わざわざ江戸へ来てよかったよ」

客が笑みを浮かべた。

「ありがたく存じます」

「これからもよしなに」

のどか屋の若夫婦の声がそろった。

三

川崎の客は浅草寺へお参りに行き、元締めの信兵衛は巴屋などのほかの旅籠を見廻りに行った。

それと入れ替わるように、隠居の季川の駕籠が着いた。

「今日はお早いんですね」

おちよが言った。

「良庵さんの療治は夕方なんだが、それまでにうまい肴をじっくりいただこうと思ってね……やれ、どっこいしょ」

隠居はいささか大儀そうに一枚板の席に腰を下ろした。

「なら、腕によりをかけておつくりします」

千吉が腕をまくった。

「楽しみだね」

季川が笑みを浮かべた。

そのとき、またのれんが開き、三人の客が入ってきた。

「いらっしゃいまし」

今度はおけいが真っ先に声をかけた。

「まあ、鶴屋さん、ご無沙汰で」

おちよの顔がぱっと輝いた。

「こちらこそ、ご無沙汰で」

上野黒門町の薬種問屋、鶴屋の隠居の与兵衛が言った。

「わたしは……ご無沙汰じゃないね。長吉屋でよく顔を合わせているから」

季川がそう言ったから、のどか屋に和気が漂った。

「紹介しよう」

与兵衛が二人の初顔の客のほうを手で示した。

「小伝馬町の本屋、灯屋さんのご主人と番頭さんだ」

「まあ、それはそれは、あるじから聞いております。のどか屋の大おかみのちよと申します」

おちよはていねいに頭を下げた。

「灯屋のあるじの幸右衛門でございます」

書物の販売と版元を手がけている男があいさつした。

「番頭の喜四郎(きしろう)と申します。どうかよろしゅうお願いいたします」

番頭が腰を低くして言った。

「例の早指南ものの話かい?」

隠居が温顔でたずねた。

「ええ。ただし、今日のところはまずごあいさつだけで」

幸右衛門が言った。

「はは、時さんがいないときに勝手に話を進めるわけにはいかないからね」

隠居が笑みを浮かべる。

ここで千吉とおようがあいさつに出た。

「のどか屋の二代目の千吉です。わざわざお運びいただきまして」

千吉はいくぶん緊張気味に言った。

「若おかみのようと申します。今後ともよしなに」

おようは如才なく頭を下げた。

今日のつまみかんざしは華やかな黄菊だ。おようが膳を運びに動くだけで場がぱっと華やぐ。

「では、座敷でゆったり二代目の料理をいただきながら、大おかみと話をするという段取りでいかがでしょう」

与兵衛が言った。

「ええ、では、上がらせていただきます」

灯屋のあるじがまた頭を下げた。

「失礼いたします」

番頭も続く。

「ご隠居さんもご一緒にいかがです？」

与兵衛が水を向けた。

「わたしは動くのが大儀だし、ここにつれも来るだろうからね」

隠居はやんわりと断って、一枚板を軽くたたいた。

これで陣取りが決まった。

四

隠居の言ったとおりだった。

灯屋の主従があきないの話を始めてほどなく、力屋（ちからや）の信五郎（しんごろう）が姿を現わした。力が出る飯をふるまうことで名の知れた馬喰町（ばくろちょう）の飯屋のあるじで、のどか屋にとっては猫縁者に当たる。

「はい、お待ちで」

おようが肴を運んできた。

「秋刀魚とおぼろ昆布の細造りでございます」

厨で手を動かしながら、千吉が言った。

「なるほど、おぼろ昆布がたっぷりだね」

隠居が目を細める。

「いまが旬の秋刀魚なら、お造りにできますので」

おようが笑顔で言った。

「ああ、これはおいしいですね」

灯屋のあるじが言った。

「おぼろ昆布がちょうど秋刀魚の臭みを消しています」

番頭も満足げに言う。

「うちで秋刀魚だと、塩焼きかせいぜい蒲焼きだからね」

力屋のあるじが言った。

駕籠屋や飛脚や荷車引き、汗をかくつとめの男たちがわしわしとかきこむ飯を供する見世だ。糸造りのような凝った料理は出ない。

「次は何？　千吉」

おちよが声をかけた。

「だし巻き玉子を」

厨から声が返ってきた。

ややあって、黄金色のだし巻き玉子ができあがった。

彩りに、生姜の甘酢漬けと青紫蘇も添えられている。

「これは目で見て、舌でも楽しむ料理だね」

鶴屋の与兵衛が言った。

「おいしゅうございますね。玉子はお高い品ですが、早指南ものにはぜひ入れたいところです」

だし巻き玉子を食すなり、灯屋のあるじが言った。

「すると、もう出していただくことは本決まりで？」

おちよが問うた。

「正式には長吉さんが江戸にお戻りになってからですが、ゆくゆくはぜひお願いしたいと存じます。このほろっと崩れる仕上がりでしたら申し分がないので」

幸右衛門が笑みを浮かべた。

「実際に筆を走らせるのは、ほかの方なんですね？」

おちよがさらにたずねる。

「ええ。一からすべて書いていただくというわけではありませんので、ご安心くださいまし」

幸右衛門はそう言って、まただし巻き玉子を口中に投じた。

「書き役のほうのあてはついているのかい？」

一枚板の席から季川が問うた。

そちらにもだし巻き玉子が出たところだ。

「ええ。書くほうも、絵を描くほうも、一応のところあてはついております」

灯屋のあるじが答えた。

「なるほど。絵が入っていたほうがとっつきやすいですからね」

と、おちよ。

「料理の仕上がりとつくり方。絵を二つ入れればどうかと思案しているところです」

幸右衛門はそこまで思案していた。

「で、どういう人がやるんだい？」

今度は与兵衛が問うた。

「文を書くほうは、狂歌師の目出鯛三（めでたいぞう）先生にお願いしようかと思っております」

幸右衛門が答えた。

「お名に鯛も入っていますから」

番頭が和す。

「はは、それはいいね」

隠居の白い眉がやんわりと下がった。

「絵師のほうは、前に同じような料理物を手がけてくださった吉市（よしいち）という人に頼むつもりです。目出鯛三先生はかわら版の文案づくりも手がけておられて、吉市さんとも組んでいますから、気心は知れています」

灯屋のあるじはよどみなく言った。

「あいさつだけと言いながら、話がだいぶ前へ進んでるじゃないか」

鶴屋の隠居が言った。

「いやいや、これはつい」

幸右衛門は髷に手をやった。

「なら、次はそのお二人をまじえてだね」

隠居が言った。

「力が出る飯の話なら、わたしもひと肌脱ぎますよ」

力屋のあるじが乗り気で言った。

「それはぜひよしなに」

幸右衛門が如才なく答えた。

「では、あるじは夕方に長吉屋から戻ってまいりますので、ご都合のいい日にそのあたりから貸し切りでいかがでしょう」

おちよが段取りを進めた。

「泊まり部屋をあらかじめご用意することもできますし」

千吉が案を出した。

「そのあたりもうかがっておきましょう」

灯屋のあるじが笑みを浮かべた。

「都合がつくなら旅籠に泊まって、朝の名物の豆腐飯を味わっていただきたいところだね」

隠居が言った。

「なんだかご隠居さんが大旦那みたいですね」

与兵衛がそう言ったから、のどか屋に和気が満ちた。

「まあ、大旦那さまみたいなものですから」

おちよのほおにえくぼが浮かぶ。

「豆腐飯を召し上がるためにお泊まりになるお客さんもたくさんいらっしゃいますので」

旅籠のほうから戻ってきたおけいが言った。

「手前もいただきたくなってきました」

灯屋の喜四郎が少し声を落として言った。

「番頭さんはうまいものに目がないからね」

幸右衛門が笑う。

「でしたら、次に見えるときに豆腐飯を仕込んでおきます。べつに夕方でもお出しできますから」

千吉が言った。

「ああ、それは楽しみです」

「ぜひお願いします」

灯屋の主従の声がそろった。

話がひと区切りついたあとは、また千吉が料理の腕を振るった。

目出鯛三という名が出たことにちなんで、小鯛の塩焼きを出した。

塩だけで焼く料理だけにごまかしが利かない。また、串の打ち方で仕上がりの見栄えが違ってくる。料理人の腕が問われるひと品だ。

「塩加減がちょうどいいね」

食すなり、季川が言った。

「うちのお客さんは薄味に感じるでしょうけど、これくらいが品があっていいでしょう」

力屋のあるじが笑みを浮かべた。

汗をかくなりわいの客は、塩気が濃い料理をうまく感じる。ために、力屋ではあえて濃いめの味つけにしていた。

「たしかに、上品ですね。このあたりの塩加減まで早指南もので伝えられれば」

幸右衛門が言った。

「うーん、言葉で伝えるのはむずかしいかも」

千吉が首をかしげた。

「そこは書き役の先生がやってくださるから」

おようが口をはさんだ。

「ああ、それもそうだね」

千吉はすぐさま答えて、次の肴の仕上げにかかった。

茸と青菜の胡麻和えだ。

「はい、お待ちどおさまでございます」

おようが座敷に盆を運んだ。

「これは伝えやすい勘どころがあります」

千吉が厨から言った。

「ほう、どんな勘どころだい？」

与兵衛がたずねた。

「箸でつまみやすいように、一寸（約三センチ）の長さに切りそろえることです」

千吉は答えた。

「なるほど。それは分かりやすいですね」

灯屋のあるじがうなずいた。

番頭の喜四郎がひとしきり筆を動かした。さきほどからしきりに何か書きとめている。

「胡麻衣（ごまごろも）がちょうどいいね」

隠居が満足げに言った。

「薄からず濃からず、いい塩梅になってるよ」

力屋のあるじも和す。

「肴が良ければ、酒もいいいね」

鶴屋の隠居が言った。

「すっきりしたお酒ですね。これはどちらで？」

幸右衛門がたずねた。

「本日のは伊丹の下り酒でございます」

おちよが答えた。

「道理でおいしいはずだ。いい品をお使いですね」

灯屋のあるじがおように言った。

「はい。醬油は野田、味醂は流山、お塩は播州赤穂、それぞれいい品を使わせていただいております」

おようは若おかみの顔で答えた。

「これはますます頼もしいですね」

「次の顔合わせのときも楽しみです」

灯屋の主従はそろって笑顔になった。

第五章　豆腐飯とけんちん汁

一

「茶漬けだけでもうめえな」

湯屋のあるじが笑みを浮かべた。

のどか屋は二幕目に入っていた。座敷の端に陣取ったのは、岩本町の御神酒徳利だ。今日の中食の膳の顔が茸の時雨煮茶漬けだったと聞いて、さっそく所望した茶漬けの舌だめしをしている。

醬油を効かせて佃煮風の濃いめの味つけにしたものを時雨煮と呼ぶ。そのままでも酒の肴にいいが、茶漬けにしてもうまい。

貝を使うことも多いが、千吉の工夫で今日は茸にした。舞茸と占地の時雨煮を飯にのせ、白胡麻と切り海苔を散らし、おろし山葵を添えて熱い茶をかけて食す。大きめの碗で出し、刺身と昆布豆の小鉢を付けた中食の膳は好評で、たちまち売り切れた。

「葱も入れてえところだな」

野菜の棒手振りがいくらか物足りなさそうに言った。

「おろし山葵が入ってるからいいだろう」

一枚板の席から、万年平之助同心が言った。

「蕎麦ならともかく、茶漬けに葱はいらないんじゃないかねえ」

隣に座った元締めも言った。

「なるほど、そりゃまあ好みで」

富八はあっさり引き下がった。

「ところで、万年さま、また出やがったそうですな、人さらい」

寅次が言った。

「かわら版が出てたからな」

万年同心はそう言って、茸のみぞれ酢和えを口に運んだ。

茸は三種を合わせると、ぐっとうま味が増す。網茸、占地、平茸の三種を網焼きにし、大根おろしで和える。おろしたてを軽く絞って水気を切るのが勘どころだ。

これに土佐酢(とさず)をかけ、もみ海苔を天盛りにし、ゆがいた三つ葉の軸を添えれば小粋な肴の出来上がりだ。

「今度は江戸見物に来た川越(かわごえ)の裕福なあきんどがやられたとか」

岩本町の名物男が言った。

「またていねいな言葉遣いだったそうだから、前のやつと同じでしょうかねえ」

元締めが同心に訊いた。

「まあ、そのあたりは」

万年同心は湯呑みを置いた。

まだつとめの途中だから、今日は茶だ。

「何か知ってるみたいだね、平ちゃん」

千吉が気安く言った。

「さすがの勘ばたらきだな」

万年同心は苦笑いを浮かべた。

「そりゃ、あれを預かってるから」

千吉は神棚のほうを指さした。

そこには十手が飾られていた。のどか、ちの、二代目のどかと続く茶白の猫の毛の色と同じ房飾りがついた十手は、黒四組から託されたものだった。時吉とおちよ、それに、いままで数々の手柄を立ててきた千吉も含む親子の十手だ。

「ここだけの話だぞ」

万年同心は少し声を落とした。

「千吉さんだけに?」

おようがいくらかうろたえ気味に訊いた。

「いや、若おかみは呼び込みに出てるし、湯屋のあるじや野菜の棒手振りの耳に入れてもいいだろう。もちろん元締めやおかみにも」

万年同心は考え直したように言った。

「で、咎人は?」

千吉が問うた。

「いろいろ調べたところ、どうやら『ご案内の辰(たつ)』っていう賊のようだ。やたらていねいでやわらかな物腰だから、だれも凶賊とは思わない」

万年同心は答えた。

「あんまり強そうな名じゃないですな」

寅次が言う。

「湯屋の寅次のほうが、よっぽど賊らしいや」

と、富八。

「それも弱えぞ」

「棒手振りの富八よりはましで」

岩本町の御神酒徳利が掛け合う。

「まあ、とにかく」

万年同心は座り直して続けた。

「このたびの川越のあきんどもそうだったが、柔和な物腰で『いいところへご案内しますよ』と言葉巧みに持ちかけてくる。隠れ宿で、上玉がいるという誘い言葉にだまされて駕籠に乗ったら運の尽き、身ぐるみ剝がれて身代金まで取られちまうっていう寸法だ」

「まあ、恐ろしい話で」

おちよは眉をひそめた。

「ここのあるじと若あるじは、間違っても駕籠に乗ったりしねえだろうがね」

湯屋のあるじが言った。

「呼び込みのときに見かけたら、すぐ番所へ駆け込みます」

おようが引き締まった顔つきで言った。

「おう、頼む」

万年同心がさっと右手を挙げた。

二

七つ下がり（午後四時ごろ）に表で人の気配がした。

「あれ、もうお見えかしら」

おちよがいくらかあわてた様子で言った。

「えっ、もう？」

千吉も言う。

今日は書肆の灯屋の主従が狂歌師の目出鯛三と絵師の吉市を連れてくることになっている。夕方に時吉が長吉屋から戻ってくるため、それに合わせてという段取りで、名物の豆腐飯の仕込みも終えていた。

さりながら、まだいささか早い。おちよと千吉があわてるのも無理はなかった。

「御免」

そうひと声かけて、客がのれんをくぐってきた。

灯屋のほうではなかった。大和梨川藩の新たな勤番の武士たちだった。

「まあ、いらっしゃいまし」

おちよの表情がぱっとやわらいだ。

「いきなりで相済まぬことで」

稲岡一太郎が小気味よく頭を下げた。

「急に話が決まったもんで、つなぎに来たんですわ。……あ、茶だけでええさかいに」

兵頭三之助がおように言った。

ちょうど凪(なぎ)のような時で、一枚板の席にも座敷にも客の姿はなかった。二人の勤番の武士はとりあえず座敷の端に腰かけた。

「ご苦労さまでございます。で、急な話とは？」

軽い胸さわぎを覚えながら、おちよはたずねた。

その勘ばたらきは正しかった。

将棋の名手はこう答えた。

「明日のいまごろの時分、筒井堂之進というお忍びのお侍が、この見世ののれんをくぐる段取りになりましてな」

それを聞いて、おちよの表情が変わった。

「そ、それは、もしかして……」

「お忍びの、わが殿や」

兵頭三之助は声を落として告げた。

「われわれとご家老もまいりますので」

稲岡一太郎が言う。

「なら、明日も豆腐飯をつくらないと」

千吉が引き締まった顔つきで言った。

「どうしましょう、胸がきやりと」

おけいが胸を押さえた。

「わたしもなんだか心の臓が」

おようも同じしぐさをした。

「偉ぶったところのないお人で、お忍びやさかいに、普段どおりのもんを出してもろたらよろしいんで」

　兵頭三之助が笑みを浮かべた。

「その普段どおりがむずかしいですね」

　千吉が言う。

「とにかく、気張ってやります」

　おようがそう言って、お茶を二人に出した。

「そやね。華やかな料理より、江戸の味のほうをご所望みたいやから」

　将棋の名手が伝えた。

「見た目より味、ですね」

　おちよが言う。

「江戸の濃いめの味つけが口に合うみたいなので」

　稲岡一太郎がそう言って湯呑みを口元に運んだ。

「承知しました。気を入れてつくらせていただきます」

　千吉が小気味よく一礼した。

三

勤番の武士たちが引き上げていくらか経ってから、まず時吉が早めに戻ってきた。

さっそくおちよがお忍びの藩主の件を伝えた。

「えっ、明日の七つごろか」

時吉の表情が変わった。

「早めに戻るのは無理？」

おちよが問うた。

「明日は宴が立てこんでいて、猫の手も借りたいくらいなんだ」

足元にすり寄ってきたふくのほうをちらりと見て、時吉は答えた。

「じゃあ、無理そうね」

と、おちよ。

「今日ならともかく、明日早めに抜けるのはみなに申し訳がない。さすがにそれはできない」

時吉はそう言うと、千吉の顔を見た。

「わたしがやりますんで」

千吉はややこわばった顔つきで言った。

「そういった厳しい場が料理人を育ててくれる。学びだと思って、精一杯つくれ」

時吉は二代目に言った。

「そんな豪勢な料理じゃなくて、お忍びの方はいかにも江戸らしい濃いめの味つけをお好みなんだとか」

おちよが言った。

「それなら、いつも出しているものに少し華を添える程度でいいだろう」

時吉がうなずく。

それを聞いて、おようも真剣なまなざしでうなずいた。

「なら、仕入れの具合を見て、気張ってつくります」

千吉の表情が引き締まった。

「二幕目から貸し切りにしたほうがいいかしら」

おちよが問う。

「お忍びで見えられるのだから、七つから座敷は貸し切りという貼り紙くらいでいいだろう」

時吉は少し思案してから答えた。

「承知で」

おちよはうなずいた。

「ああ、でも、心の臓が」

おけいが胸に手をやった。

「お忍びだから、うっかり土下座とかしないように」

時吉がそう言ったから、やっと控えめな笑いがわいた。

四

灯屋の主従がつれてきた二人の客のうち、どちらが狂歌師の目出鯛三か、名乗る前から分かった。

なにしろ、着物のほうぼうに赤い鯛が散らされている。おかげで目がちかちかしてくるほどだ。

「目出鯛三でございます。むろん、真の名ではありません」

歳は四十くらいか、血色のいいがっしりした体つきの男だ。

「真のお名だったら驚きます」

おちよが笑みを浮かべた。

「どうぞお座敷でおくつろぎください。酒と肴をだんだんに持ってまいりますので」

時吉が身ぶりをまじえて言った。

もう一人の絵師の吉市は、狂歌師よりいくらか若い華奢（きゃしゃ）な男だった。総髪（そうはつ）の狂歌師とは違って、細みの髷（まげ）をきれいに結っている。

「では、料理をいただきながら、料理の早指南もののおおまかな道筋の話などをすることにいたしましょう」

灯屋のあるじが段取りを進めた。

「承知しました。もちろん、料理の早指南ものもやらせていただきますが、ほかにもいろいろ考えられるところですな」

目出鯛三はやや甲高（かんだか）い張りのある声で言った。

狂歌師と書物の執筆ばかりでなく、引き札（広告）やかわら版の文案づくりまで、幅広く手がけている。かわら版はときどき売り子も買って出ているそうだから、しゃべるほうもお手の物だ。酔狂（すいきょう）にも、赤い鯛のかぶりものをしてかわら版を売りさばくこともあるらしい。

「ほかの早指南ものでございますか」

灯屋の幸右衛門がいくらか身を乗り出した。

「お見世などの案内ものも、とりどりに出ておりますね」

番頭の喜四郎が言う。

「そのほかにも、江戸のさまざまな案内を分かりやすくまとめた『江戸早指南』などがあれば、たとえば江戸へ出てきたばかりの人にも重宝かと思うのですよ」

目出鯛三が言った。

ふざけた恰好はしているが、なかなかに頭が切れる男のようだ。

ここで酒と肴が運ばれてきた。

まずはあいさつを兼ねた小鯛の塩焼きだ。間違いのないひと品として、あしらいを少しずつ変えながら折にふれて出している。今日のあしらいは蓮根の甘酢漬けだ。

「続いて、鰈をお出ししますので」

おようが言った。

「ほう、鰈の煮つけでしょうか」

幸右衛門が問うた。

「さあ、どうでしょう、うふふ」

若おかみは気を持たせて答えなかった。

「煮つけなら、そういう匂いがするでしょうな」

目出鯛三があごに手をやった。

「いまお出しします」

厨から千吉が言った。

「なら、おまえが運べ」

時吉がうながす。

「承知で」

気の入った声で答えた千吉が運んできたのは、鰈の野菜巻きだった。

「薄づくりの鰈の野菜巻きでございます」

千吉が皿を下から出した。

「こちらのだし醤油につけてお召し上がりください」

小皿はおようが運んだ。

「息が合ってますね」

目出鯛三が笑みを浮かべる。

「では、ごゆるりと」

次の肴の支度があるから、千吉はすぐ厨に戻っていった。

そぎ切りにした鰈で芽葱(めねぎ)や貝割菜(かいわれな)などを巻く。これをだし醤油につけて食せば、さっぱりとした味わいを楽しむことができる。

「これは煮売り屋などでは出ない料理ですな」

目出鯛三が満足げに言った。

「初めて食べました」

絵師の吉市も驚いたように言う。

「湯通しした占地などの茸でもおいしいです」

時吉が厨から言葉を添えた。

「のどか屋さんはたくさんの引き出しを持っておられるから、早指南ものにまとめるのが大変かもしれませんね」

灯屋のあるじが言った。

「それはこちらの腕の見せどころでしょう」

目出鯛三が二の腕を軽くたたいた。

料理は次々に出た。

秋刀魚の有馬(ありま)煮は実山椒(みざんしょう)の佃煮を加えたひと品で、もとは長吉が上方(かみがた)から採り入れた料理だ。それがいま孫の千吉に受け継がれている。

「これは、白いご飯が恋しくなりますね」

目出鯛三が言った。

「まさに、そのとおりですが、このあと名物の豆腐飯もありましょう？」

灯屋のあるじがおちよにたずねた。

「ええ、もういつでもお出しできますが」

おちよのほおにえくぼが浮かんだ。

「ならば、ちょびっとだけご飯をいただいて、すぐ豆腐飯とまいりましょう」

狂歌師がにぎやかに段取りを進めた。

「承知いたしました」

「いま支度しますので」

厨から親子の声が響いてきた。

「ご飯ものに麺(めん)、焼き物に煮物に揚げ物。それぞれに番付をこしらえて早指南ものにすることもできますね」

幸右衛門がふと思いつきを口にした。

「季節ごと、素材ごとに分ける手もあります、旦那さま」

番頭の喜四郎が言った。

「あっ、そうか」

ここで目出鯛三がやにわにひざを打った。

「何か思いつかれましたか、先生」

幸右衛門が問うた。

「歌留多ですよ、歌留多」

謎めいたことを口走る。

「歌留多？」

灯屋のあるじはいぶかしげな顔つきになった。

「その料理の名前とつくり方の勘どころを、歌留多の札みたいに書き記しておくんです。つまり、料理の数だけ札ができるわけです」

目出鯛三はそこまで言って、謎をかけるように笑みを浮かべた。

「ああ、分かりました」

灯屋のあるじが笑みを浮かべた。

「歌留多の札のようなものをとりあえずたくさんつくっておけば、並べようで早指南ものがとりどりにできあがるわけですね？」

「ああ、なるほど。季節ごと、食材ごと、料理の種類ごとというふうに、並べていけばいいわけです」

番頭が呑みこんで言う。

「それはいい案かもしれませんね」

おちよが乗り気で言った。

「では、手前どもで札をおつくりして、そこへ細い筆にて料理名、素材、季節、つくり方の勘どころを記していただければと」

幸右衛門が言った。

「段取りが早いですね、灯屋さん」

目出鯛三が言った。

「そりゃあ、あきないですから」

書肆のあるじがそう言ったから、のどか屋に和気が満ちた。

五

松茸と椎茸の天麩羅などが出たあと、いよいよ名物の豆腐飯の番になった。

「朝の膳は味噌汁がつくのですが、今日は具だくさんのけんちん汁にしてみました」

時吉がまず目出鯛三に膳を出した。

「まず味のしみた豆腐を匙(さじ)ですくって召し上がっていただいて、しかるのちにご飯とわっとまぜて……」

千吉がそこまで言っておようを見る。

「お好みでお薬味を添えてお召し上がりくださいまし」

若おかみがうまく続けた。

のどか屋の若夫婦は灯屋のあるじと吉市に膳を置く。

「けんちん汁はお代わりもできますので」

最後におけいが番頭の膳を置いた。

具を胡麻油で炒めたあたたかいけんちん汁は、身も心もほっこりする。人参、大根、焼き豆腐、葱、蒟蒻、占地、まさに具だくさんだ。胡麻油の香りがぷうんと漂って食欲をそそる。

「これは、味のしみた豆腐と飯と薬味の三役そろい踏みですな」

目出鯛三が感に堪えたように言った。

「さすがは名物です」

幸右衛門が食しながら言う。


名物にうまいものなしと言ふけれど例外はありこの豆腐飯

さすがは狂歌師と言うべきか、目出鯛三がさらりと一首詠んだ。

「これを目当てに泊まるお客さんの気持ちがよく分かります」

番頭の喜四郎が言った。

「朝餉だけ食べに来られる常連さんもいらっしゃいます」

おようが笑顔で言った。

「なじみの大工さんたちは、普請場がうちの近くだと喜ぶそうです。豆腐飯を食べられるから」

千吉も和した。

「朝からこんなうまいものを食べたら、そりゃ力が出るだろうね」

灯屋のあるじが言った。

「近くだったら、毎日でも通いますよ」

絵師も笑みを浮かべる。

そんな調子で、初顔合わせは上々の首尾で終わった。

第六章　江戸の味

一

「なら、落ち着いてつくれ」

長吉屋へ向かう前に、時吉は千吉に言った。

「はい……落ち着いて、落ち着いて」

千吉はおのれに言い聞かせるように言った。

「朝からそんな調子だともたないわよ。もっと気を楽にして」

おちよが肩の力を抜くしぐさをした。

今日は二幕目にお忍びの大和梨川藩主が来る。時吉は長吉屋のつとめが忙しいから、千吉が花板として料理をふるまわねばならない。そのせいで朝からもう顔つきが硬かった。

「気張って行きましょう、千吉さん」

おようが笑みを浮かべる。

「そうだね」

千吉の表情がようやく少しやわらいだ。

「なら、頼むぞ。行ってくる」

さっと右手を挙げると、時吉は急ぎ足で出ていった。

あるじを見送ったあとは、朝餉の支度に移った。二幕目の前に、朝餉があり、中食がある。今日は目が回るほど忙しくなりそうだ。

中食の前には、こんな貼り紙が出た。

けふの中食
もどり鰹(がつお)づけ丼
けんちん汁と小鉢二皿
四十食かぎり　三十八文

二幕目、八つ半よりかしきりです

お忍びの大名が来るのは七つごろだが、支度もあるため半刻（約一時間）前から貸し切りにしておいた。

「さあ、まず中食ね」

大おかみが言った。

「気張っていきましょう」

若おかみがのれんを出した。

あたたかな柿色ののれんに染め抜かれた「の」に明るい光が差した。

二

「うめえなあ、戻り鰹は」

なじみの左官衆から声があがった。

「ただの戻り鰹じゃねえぜ。づけにしてるのが味噌よ」

「味噌じゃなくて、醤油味だぜ」

土間で車座になった左官衆が掛け合う。

「ただの飯かと思いきや、酢飯で得をしたような気分だな」

座敷に陣取った近くの武家が言った。

「切り海苔に生姜、あしらいにもそつがない」

そのつれが笑みを浮かべる。

「けんちん汁も具だくさん。浸しと三度豆の小鉢も付いておる」

「さすがはのどか屋だな」

二人の武家は満足げに箸を動かした。

「初鰹より戻り鰹だな、若おかみ」

膳を運んできたおように向かって、左官衆の一人が声をかけた。

「そうおっしゃる方もたくさんいらっしゃいます」

おようは笑顔で答えた。

「値が全然違うしよう」

「そりゃ戻り鰹に軍配だ」

「このづけだれがまたいい塩梅だな。どうやってつくるんだい」

やにわに問いが発せられた。

「づけだれのつくり方は？　千吉さん」

　おようが厨に助けを求めた。

「野田の濃口醬油を三、伊丹の下り酒を二、流山の味醂を一。それに、ちょいと胡椒を加えます」

　千吉はどこか唄うように答えた。

「そりゃ大したもんだ」

「うめえはずだ」

「ありがてえ、ありがてえ」

　なかには丼を拝む者までいた。

「あと何膳くらい？」

　おちよがたずねた。

「うーんと、十より下」

　千吉が厨から答えた。

「一も九も十より下だよ」

　おちよがすかさず言う。

「七か八」

答えが変わった。

「承知で」

まずおけいが飛び出す。

客にきっちり行きわたるように、最後の客で止めるのも腕の見せどころだ。

「相済みません。こちらさまで打ち止めで」

おちよが声をかけた。

けふの中食
うりきれました

おけいがさっと立て札を出した。

三

「八つ半で閉めるのなら、二幕目から貸し切りでもよかったかもしれないね」

元締めの信兵衛が言った。

短い中休みが終わり、おようとおけいは両国橋の西詰へ呼び込みに行った。お忍びの大名をもてなす大事な日だが、旅籠のほうはいつもどおりだから、客の呼び込みは欠かせない。

「それだと無駄に気が張ってもちませんから」

おちよが胸に手をやる。

「元締めさんが来てくださってよかったです」

厨で鯛を焼きながら、千吉が言った。

「はは、今日はいまのうちだからね」

信兵衛が笑みを浮かべた。

「支度があるので、あまり凝った肴はお出しできませんが」

千吉がすまなそうに言った。

「いや、中食の小鉢の余りでいいよ」

元締めが答えた。

「大根菜のお浸しに三度豆ですが」

と、おちよ。

「ああ、それでいい」

元締めは軽く右手を挙げた。

土間では小太郎とふくが猫相撲のようなものを始めた。いつもと変わらないのは猫たちだけだ。

「これ、あんたたち、粗相をしないでね。お殿様の着物をひっかいて破ったりしちゃ駄目よ」

おちよが言う。

「猫に言っても無駄だよ」

信兵衛は笑みを浮かべた。

そんな調子で、元締めが軽く呑んでから出ていったあと、おようとおけいが客をつれて戻ってきた。まだ空きはあるが、どうあってもすべて埋めなければならないというわけでもない。

それに、まさかとは思うが、下々の暮らしにいたく興味を抱いていると聞くお忍びの藩主が泊まり部屋を所望するということもまったくありえないことではない。江戸詰家老の原川新五郎が呑みすぎたから休みたいと言いだすかもしれない。もろもろの備えはしておく必要があった。

「もうお客さんは来ないかねえ」

おちよが床の間の花を直しながら言った。

「七つ半までだって貼り紙が出てるから」

仕込みの手を動かしながら、千吉が言った。

だが、客は来た。

「おう」

いなせにのれんをくぐってきたのは、あんみつ隠密だった。

四

黒四組のかしらの安東満三郎ばかりではなかった。

万年平之助同心も、韋駄天(いだてん)侍こと井達天之助(いだてあまのすけ)もいた。捕り物のときだけ活躍する日の本の用心棒の異名をとる室口源左衛門(むろぐちげんざえもん)の姿はさすがにないが、黒四組が三人ものれんをくぐってきた。

「相済みません。本日は七つ半で終いなんですが」

おちよがすまなそうに言った。

「そりゃ承知のうえだ」

あんみつ隠密がにやりと笑った。

「なら、あんみつ煮などをさっとおつくりします」

千吉が厨から言った。

「いや、おれらは一枚板の席で護り役をやるからよ」

黒四組のかしらが言った。

「肴は適当でいいからな」

万年同心が言った。

「すると、お忍びのお殿様の件は……」

おちよは声を落とした。

「そのあたりは、蛇(じゃ)の道は蛇(へび)だ」

日の本を股にかけた悪を追う黒四組のかしらが告げた。

諸国に網を張っている黒四組は、どうやら大和梨川藩とも関わりがあるらしい。

「大和梨川は存外に交通の要衝(ようしょう)なので」

飛脚も顔負けの動きをすることもある韋駄天侍が言った。

「なら、もう顔つなぎはしてあるの？　平ちゃん」

千吉がいつもの調子で訊いた。

「このあいだ、江戸の上屋敷へ行ってきた。今日は万が一の備えに来たわけだ。ここんとこ、なにかと物騒だからな」

万年同心が答えた。

「例の『ご案内の辰』とか？」

手を動かしながら千吉が問う。

「そのとおりだ、二代目」

あんみつ隠密が答えた。

「辰は続けざまに悪事を働いて、たんまり稼いだら五年くらいなりを潜め、ほとぼりが冷めるのを待つ。それがいつものやり方だ。今年は二度かどわかしをやりやがったから、もういっぺんくらいやるだろう」

安東満三郎はとがったあごに手をやった。

「似面とかはないの？」

千吉が問うた。

「あいにくねえんだな」

あんみつ隠密は残念そうに答えた。

ほどなく、黒四組のかしらにはあんみつ煮が出た。油揚げの甘煮だ。顔を見てからすぐつくれるから重宝な料理で、砂糖がふんだんに入っている。

　万年同心と韋駄天侍には鱚天が出た。揚げ物はとりどりに出せるような支度が整っている。

　座敷ではおちよとおようが支度をしていた。上座にはきれいな花を生け、ひときわ上等な座布団を置いた。早めに焼き鯛の膳を置いたら猫たちが悪さをするかもしれないから、それは顔を見てからだ。

「どこも汚れてないわね」

　おちよがそう言って、ほっと一つ息をついた。

「大丈夫です」

　おようがうなずいた。

　それからいくらか経って、表で人の気配がした。

「いま駕籠が来ます」

　そう言いながら飛びこんできたのは、勤番の武士の稲岡一太郎だった。

「はい」

　おようの表情が引き締まった。

「いよいよね」

おちよが胸に手をやった。

二人目の兵頭三之助も入ってきた。

「ご家老が先で、殿が後ですわ」

将棋の名手は額の汗を拭きながら告げた。

「お忍びで料理を食いに来ただけだから、楽にいきな」

あんみつ隠密が声をかけた。

「承知で」

千吉が気の入った声で答えた。

五

麗々(れいれい)しい大名駕籠ではなかった。

羽振りのいい医者が往診に行くような趣(おもむき)の法仙寺(ほうせんじ)駕籠から、お忍びの大和梨川藩主が降り立った。

「おお、ここや」

張りのある声が響いた。

駕籠から降り立ったのは、太織縞の藍色の着物に黒の羽織といういでたちの武家だった。

お忍びの大和梨川藩主、筒井堂之進こと筒堂出羽守に相違ない。

「お待ちしておりました」

おちよとおようが並んで一礼した。

「うむ、世話になる」

お忍びの大名は歯切れのいい口調で言った。

豊かな髷に、目鼻立ちのくっきりした顔。

役者にしたい、とまでは言いすぎかもしれないが、まずまず人目を惹くいい男だ。

「では、まいりましょか」

先に駕籠から下りた原川新五郎が身ぶりをまじえた。

「御免」

ひと声かけて、お忍びの大名はのどか屋へ足を踏み入れた。

「お運び、ご苦労さまでございます」

黒四組の三人が立って出迎えた。

「今日は忍びや。苦しゅうない」

　さっと右手が挙がる。

　ここで千吉があいさつをした。

「二代目の千吉でございます。気張ってつとめさせていただきます」

　千吉は硬い表情で一礼した。

「うむ。楽しみにしてきたで」

　大和梨川育ちゆえ、言葉はそちらのままだ。

「では、お上がりくださいまし」

　おちよが身ぶりで示した。

「あっ、こら」

　兵頭三之助が声をあげた。

　人がおらぬ間に、二代目のどかがちゃっかりふかふかの座布団の上でまるくなっていた。

「はは、猫侍か」

　お忍びの筒堂出羽守は白い歯を見せた。

「はいはい、こっちへいらっしゃい」

　おちよが猫の首根っこをつかんで土間へ運んだ。

「ほな、上がらせてもらうで」

江戸詰家老がおちよに言った。

「どうぞ。いまからお料理を運びますので」

おちよのほおにえくぼが浮かんだ。

猫足のついた黒塗りの膳を、おようとおけいがしずしずと運んだ。

まずは鯛の焼きものだ。紅白の水引のついた宴仕立てになっている。

「今日は忍びゆえ、あまり構えたものやのうて、普段出してるようなもんを出してくれ」

筒堂出羽守は注文をつけた。

「は、はい、承知しました」

まだ緊張の面持ちで、千吉は答えた。

「あとで名物の豆腐飯をお出ししますので」

おちよが笑みを浮かべて言う。

「のどか屋の顔やからな」

原川新五郎が言った。

千吉の大車輪の働きで、料理は次々にできあがった。

「お待たせいたしました」

それをおようが運ぶ。

今日はひときわあでやかな紅鶴のつまみかんざしだ。

まずは松茸（まつたけ）の鍬焼（くわや）きだ。

焼きだれをていねいにかけ、じっくりと焼く。熱いうちにはふはふ言いながら食せば、まさに口福（こうふく）の味だ。

「やはり醬油は濃口やな。これはうまい」

お忍びの大名は、松茸ではなく味つけのほうをほめた。

「野田の上等なお醬油を使っておりますので」

おちよがすかさず言った。

「殿は……いや、筒井様は江戸風の味つけがお好みで」

原川新五郎があわてて言い直した。

「その江戸風の煮物でございます」

おようが次の碗を運んできた。

大根に厚揚げに煮玉子にがんもどき。どれも濃口醬油とだしでこっくりと煮こんである。

「おお、大根の色が濃いな」

お忍びの大名の顔がほころんだ。

「うちは薄口ですさかいにな」

江戸詰家老が言った。

「初めは濃いなあと思たんですけど。これはこれでうまいです」

兵頭三之助がそう言って、大根をさくりと嚙んだ。

「蕎麦(そば)のつゆの色が濃いのには驚きましたが」

稲岡一太郎が言う。

「屋台の蕎麦などを食してみたか」

お忍びの藩主が問うた。

「はい。夜回りのついでなどに」

勤番の武士が答えた。

「おれも江戸の屋台巡りをしてみたいもんや」

筒井堂之進と名乗る男はそう言ってまた箸を動かした。

「江戸の晩は、辻斬りなども出ますゆえ」

原川新五郎がやんわりと手綱(たづな)を締める。

「蕎麦のほかにはどんな屋台が出る？」

お忍びの藩主はかまわずに勤番の武士たちに問うた。

「寿司や天麩羅なども」

稲岡一太郎が答えた。

「それもうまそうや。……お、この煮玉子はうまいな」

その言葉を聞いて、おようと千吉が目と目を合わせた。

煮物に何を入れるかという相談になったとき、おようがどうあっても玉子をと言った。たとえ値は張っても、玉子があるとぐっと締まる。どうやらその甲斐があったらしい。

「屋台のほかに、振り売りも来ます。こういうおでんもあきなってますんで」

兵頭三之助が言った。

江戸詰家老が咳払いをした。

あまり余計なことを言うなという合図だ。

「そら、食べてみたいな。晩からお忍びで出たいとこや」

果たして、筒堂出羽守は乗り気で言った。

「殿はまだ江戸へお越しになったばかりですから、夜の江戸はいささか不用心かと」

ここで黒四組のかしらが言った。

「安東殿の言うとおりで」

援軍を得た原川新五郎が和す。

「そうか。まあ、まだ西も東も分からんさかいにな。晩は慣れてからにして、当面は昼間だけにするわ」

お忍びの藩主がそう言ったから、江戸詰家老はほっとした顔つきになった。

料理は次々に出た。

脂の乗った秋刀魚は、塩焼きではなく蒲焼きにした。味醂と酒を合わせて火にかけて冷まし、濃口醬油を加えたたれが絶品だ。

七日あまりじっくり漬けこんだ舞茸の酒粕漬けに、芽生姜を添えた焼き松茸、海老の赤が目にもあざやかなかき揚げ、小粋な銀杏の松葉刺し……。

次から次へと運ばれてくる。

「こら豪勢や。目も舌も喜ぶ」

筒堂出羽守はすっかりご満悦だった。

「いい調子ですな」

一枚板の席で、万年同心が小声であんみつ隠密に言った。

「もういっぺんくらい、見張り役が回ってくるかもしれんな」

安東満三郎が小声で答えた。

「それがしもつなぎ役で」

井達天之助もささやく。

今日の護衛役は、ともすると糸が切れた凧のように飛んでいきかねないお忍びの藩主の身を案じ、江戸詰家老が手を回したものだった。安東満三郎はお役目の途中でいくたびも大和梨川に立ち寄っているから、かねて見知り越しの仲だ。

料理ばかりでなく、酒も進んだ。

筒堂出羽守はなかなかの健啖家で、酒も呑む。杯を重ねるうちに饒舌になる陽気な酒だ。

のどか屋の女たちを相手に、領内を馬で探索した話を身ぶり手ぶりをまじえて楽しそうに語る。

「ちょうどこんな按配で手綱を操るんや」

通りかかったふさふさの毛の小太郎をつかまえて、馬を駆るさまを実演してみせる。

猫はひどく迷惑そうで、放してもらうやすぐさま身をなめだした。

「では、そろそろ名物の豆腐飯をいかがでしょう」

千吉が厨から声をかけた。

「けんちん汁もできております」

若おかみも明るい声を響かせる。

「おう、ええな」

お忍びの大名がすぐさま答えた。

六

豆腐飯とけんちん汁の膳が運ばれた。

筒堂出羽守には、大おかみのおちよと原川新五郎が食し方の勘どころを教えた。酒は入っているが、頭の巡りのいい藩主だ。すぐさま呑みこんで匙を動かしはじめた。

「ああ、飯と一緒に食すとまた違うな」

筒井堂之進と名乗る武家が満足げに言った。

「味が変わりますやろ」

原川新五郎が言う。

「ああ、変わるな」

お忍びの藩主がうなずく。

「薬味を添えたらまた変わります」

稲岡一太郎が言った。

「三度(みたび)の楽しみ方ができますので」

兵頭三之助が指を三本立てた。

「なるほど、これは名物になるな。……どれ、まず切り海苔と胡麻を加えてみよう」

筒堂出羽守はさっそく薬味を加えだした。

豆腐飯ばかりでなく、具だくさんのけんちん汁も好評だった。

「胡麻油の香りがことに良い」

お忍びの藩主の顔がほころぶ。

「焼き飯にも胡麻油を使いますので」

千吉が厨から言った。

「そうか。ならば、次に食したいものやな」

のどか屋の料理がすっかり気に入った様子の筒堂出羽守が言った。

その後は、のどか屋の一日の流れの話になった。

「この豆腐飯の膳を目当てに泊まる客も沢山(ようけ)いるんですわ」

江戸詰家老が言った。

「それはそやろ。おれも旅籠に泊まってみたいもんや」

筒堂出羽守が言う。

原川新五郎は「しまった」という顔つきになった。

「まあ、しばらくは昼間だけで」

安東満三郎がまた助け舟を出した。

「ああ、分かってる。お日さんが出てるうちに行きたいとこは沢山あるさかいにな」

お忍びの藩主が言った。

「それなら、両国橋の西詰あたりはいかがでしょう。うちはいつもそこでお客さんの呼び込みをしているので」

おちよが水を向けた。

「芝居小屋があって、大道芸人や床見世(とこみせ)などが出て、大変なにぎわいなんです」

おようも臆(おく)せず言った。

「おう、それはぜひ行きたいもんや」

お忍びの大名は身を乗り出してきた。

「両国橋の西詰なら、われらも警護に当たれますので」

黒四組のかしらが告げた。

「よし、決まった」

筒堂出羽守は、ぱしーんと手を打ち合わせた。

二代目のどかが驚いて逃げ出したほどの音だった。

「いつにしよ？」

お忍びの藩主は江戸詰家老のほうを見た。

どうもかなりせっかちな御仁(ごじん)のようだ。

「上屋敷での段取りもいろいろありますので……まあ、五日先くらいでしたら」

原川新五郎はやや渋い表情で答えた。

「ならば、次は中食から来るぞ」

筒堂出羽守はまた難儀なことを言いだした。

「あいにく中食は四十食かぎりで、お待ちいただいたり、列に並んでいただいたりすることもあろうかと」

おちよがすまなそうに告げた。

「そういうことも試してみたかったんや。苦しゅうない」

お忍びの大名は笑って答えた。

かくして、次の段取りが決まった。

第七章　牡蠣飯と金時人参

一

「なるほど、これは分かりやすいですね」

渡された紙を見て、時吉が言った。

長吉屋の二幕目だ。

一枚板の席に陣取っているのは、灯屋のあるじの幸右衛門、狂歌師の目出鯛三、絵師の吉市、それに隠居の大橋季川だった。

「まったく急ぎませんが、折にふれてこの紙に料理の勘どころを記しておいていただければと」

灯屋のあるじが言った。

「ちょっといいかい、時さん」

隠居が手を伸ばした。

「ああ、どうぞ」

時吉は季川に紙を渡した。

隠居がだいぶ遠ざけて、何が記されているかたしかめる。

紙は刷り物になっていた。

名
季
材

つくりかた

かんどころ

そう刷りこまれている。

ここに料理名、季節、素材、つくり方、料理の勘どころを記すと、歌留多の札のごときものができる。

「なるほど、これは分かりやすいね」

隠居が笑みを浮かべた。

「のどか屋さんには手前どもの番頭が届けに行っております。長吉さんが江戸へ戻られたら、よしなにお伝えくださいまし」

幸右衛門は如才なく言った。

「はは、長さんは書かないと思うがね」

隠居が笑う。

「わたしが聞き取りをして記しますから」

時吉が笑みを返す。

「これから下調べに行く仕事にも使えそうですな」

目出鯛三が紙をちらりと見て言った。

「ああ、なるほど。浅草の名所名店案内ですから」

絵師の吉市がうなずく。

灯屋が狂歌師たちとともに出そうとしているのは『浅草早指南』という案内書だっ

た。これが売れれば上野や両国や芝や品川など、柳の下の泥鰌を狙うことができる。

『江戸早指南』を出して、『大坂早指南』『京早指南』などにもつなげられる。

長吉屋も浅草の名店として載せてもらえることになった。今日はその下調べも兼ねている。時吉とともに一枚板の席の厨に立っている千吉の兄弟子の信吉は、その話を聞いていささか緊張気味だった。

「この料理なら、どうまとめるかい？」

隠居がそう言って、鰤の照り焼きに箸を伸ばした。

まだ寒鰤には少し間があるが、まずまず脂の乗った鰤をこっくりと照り焼きにし、蕪の甘酢漬けを添えたひと品だ。

「わたしが聞き書きをしてみましょう。これから浅草の町で試しますので」

目出鯛三が矢立を取り出した。

今日も着物や帯に鯛を散らした派手やかないでたちだ。

「承知しました」

時吉は狂歌師の支度が整ってから鰤の照り焼きの勘どころを伝えた。

やがて、一枚目の紙ができあがった。

名　ぶりのてりやき
季　秋から冬
材　ぶり　あしらひにかぶ
たれ　酒、みりん、しやうゆ（こいくち、たまり）

つくりかた
切り身に塩をうすくふり、四半刻おく
皮目に切りこみを入れ、酒でうすめたたれに四半刻足らずつける
平串を打ち、盛り付けたときに表になる方からやき、六分どおり火が通つたら裏返してやく。
たれをかけて、あぶるやうに二回やいて仕上げる。

かんどころ
平串は波立たせるように打つ

「紙が一杯になってしまいました」

目出鯛三が苦笑いを浮かべた。

「これでもだいぶ端折(はしょ)ったんですが」

時吉が髷に手をやった。

「ただ、これは料理人向けか、長屋でもつくれるような指南書にするか、それによってもだいぶ変わってきますね」

灯屋のあるじが言った。

「ああ、そうだね。料理人向けなら勘どころだが、食ってうまけりゃそれでいいっていう人には端折れるところも多々あるだろう」

隠居がそう言って、猪口の酒を呑み干した。

「平串を波立たせるように打つのは、料理屋だと勘どころですが……」

信吉が横合いからおずおずと言った。

「長屋の衆には関わりがないな。盛り付けるときに表になるほうから焼くというのも、料理人向けの勘どころだ」

時吉は軽く首をひねった。

「なかなか難しいですな」

と、狂歌師。

「どちらのほうに狙いをつけるかい？」

隠居が灯屋のあるじにたずねた。

「さようですね」

幸右衛門は少し思案してから答えた。

「書肆というものは一冊でも多く売りたいと思案します。そういうことを考えれば、まずは長屋の女房衆でもつくれる料理がよろしゅうございましょう」

「なるほど。では、あまり料理人向けなところは省きますか」

と、時吉。

「こうすれば料理屋で出るような料理になりますよ、と末尾にひと言添えれば、料理人にも重宝な一冊になるかもしれません」

幸右衛門が知恵を出した。

「気が多いですね、灯屋さん」

目出鯛三が笑う。

「それはあきないですから」

灯屋のあるじが破顔一笑した。

「では、そんな調子で、ぼちぼちやらせていただきます」

時吉が頭を下げた。

「どうぞよしなに。二代目にもお伝えくださいまし」

幸右衛門もていねいな礼を返した。

二

「で、明日の中食の膳は決まったのかい」

一枚板の席から、安東満三郎がたずねた。

「うーん、一つは今日運んでいただいたもので煮物にしようかと」

千吉は座敷のほうを手で示した。

「そりゃありがたいね」

そう言ったのは、かねて付き合いのある砂村(すなむら)の義助(ぎすけ)だった。

いろいろと工夫しながら畑を耕し、珍しい野菜も育てている。ことに、時吉が縁あって京から種や苗を持ち帰った京野菜の栽培は、江戸広しといえども手がけているのは義助だけだった。

「この金時人参はほんとに絶品だな」

野菜の棒手振りの富八が感に堪えたように言った。

赤みがことに濃い金時人参は、味も濃くて甘みがある。煮物にすると驚くほどうまい。

「これなら、毎日だって通うよ」

湯屋のあるじの寅次が言った。

金時人参と厚揚げの煮物だ。これは本当にほっとする味になる。

「富八さんからいい甘藷(かんしょ)を入れていただいたし、膳の脇は煮物で」

千吉は肚をかためたように言った。

「そうね。いいと思うわ」

おちよがうなずく。

「金時人参は早指南には入れられないけれど」

おようが言う。

「そりゃ、手に入らねえものは載せられねえな」

あんみつ隠密はそう言うと、味醂をかけてさらに甘くした金時人参を胃の腑に落とした。

「ただの人参でもいいんじゃないかのう」

その隣に座った室口源左衛門が言った。

日の本の用心棒を名乗る男は、たまにのどか屋の中食に足を運んでくれる。そこで、明日またお忍びでのどか屋に来る筒堂出羽守の警護役をひそかにつとめることになった。

万年同心と韋駄天侍はほかのつとめがあるらしく姿がない。ただし、明日の呼び込み見物の際には顔を見せる手はずになっていた。

「ああ、たしかに。長屋でもつくれそうな煮物にしたら?」

おちよが水を向けた。

「じゃあ、根菜の煮物で一枚書いとくよ」

千吉は乗り気で言った。

例の早指南の紙だ。時吉から何枚も渡され、書き方も教わった。

「で、あとは中食の膳の顔ねえ」

おちよがあごに手をやった。

「いまから思案しなきゃいけねえのかい」

湯屋のあるじがいぶかしげに問うた。

「え、ええ、まあ」

おちよはあいまいな返事をした。

「だれか偉え人でも食いに来るのかい」

野菜の棒手振りが鋭いところを突いた。

「い、いいえ、そんなわけじゃないんですけど」

おちよは笑ってごまかした。

千吉が次に出したのは、金時人参が入ったかき揚げだった。赤みがほんのりと浮き出して、目にも鮮やかだ。

「これは金時人参が喜びます」

つくり手の義助が相好を崩す。

「たれをかけてかき揚げ丼にしたら三杯はいけるな」

室口源左衛門がそう言ってさくっとかき揚げをかんだ。

「うん、甘え」

味醂をたっぷり入れたつゆに浸してから胃の腑に入れたあんみつ隠密が、いつもの調子で言った。

「なら、かき揚げ丼にする？」

おちよが千吉にたずねた。

「それだと、人参が煮物と重なってしまうよ」

千吉が答えた。

「ああ、だったら……」

おようが手を挙げた。

「何か思いついた？」

千吉が問う。

「かき揚げじゃなくて、牡蠣はどうかしら。脇がお野菜だから、膳の顔は海のもので」

およう は答えた。

「なるほど、牡蠣飯か」

千吉が手を打ち合わせた。

「三つ葉をちらしたやつね。彩りもいいかも」

おちよが言う。

「そりゃ、いいじゃねえか」

あんみつ隠密も風を送った。

「早めに並んで食うでの」

室口源左衛門が腹をぽんとたたいた。

その後も段取りは進んだ。先だってはけんちん汁だったから、明日は味噌汁にすることにした。こくのある江戸味噌を、大和梨川藩主はことのほか気に入ったらしい。

かくして、明日の中食の膳が決まった。

三

幸い、いい日和になった。

のどか屋の前に、こんな貼り紙が出た。

けふの中食
かきめし
やさいにもの（あまい金時にんじん）
みそ汁
四十食かぎり　三十八文

「呼び込み、お願いね」

空の酒樽の上に置かれた木箱でくつろいでいるゆきに向かって、おちよが言った。

虹の橋を渡った初代のどかとちの、代々の老猫も入っていた箱だ。

「みゃ」

目だけ青い、縞模様のある白猫が短くないた。

ほどなく、黒四組の面々が姿を現わした。

「おう」

かしらの安東満三郎が右手を挙げる。

「一番乗りだな」

室口源左衛門が笑みを浮かべた。

「お忍びの大名より先に入って食べますか」

万年同心が訊いた。

「しっ、声が高え」

あんみつ隠密が唇の前に指を立てた。

のどか屋の前の通りは人の往来がわりかたある。「お忍びの大名」という言葉を耳にしたのかどうか、遊び人風の男がちらりと一瞥をくれてから去っていった。

「ああ、すまないことで」

万年同心は少し首をすくめた。

「駕籠が来るまで待ってます？」

おちよがたずねた。

「どうするかな。まさか徒歩(かち)では来ねえだろうけど」

あんみつ隠密は首をひねった。

「お忍びのときは、あまり殿様扱いしないほうがかえって喜ばれるような気もするんです」

おちよが思うところを述べた。

「たしかに、下々(しもじも)にまじるのが好みみてえだからな。よし、なら、おれらは頃合いを見て先に入って、食い終わったら外で待ってよう」

黒四組のかしらが両手を軽く打ち合わせた。

四

「おっ、牡蠣飯かい」

「おいら、大好物だぜ」

「いい日に来たな」

なじみの大工衆が続けざまにのれんをくぐった。

「いらっしゃいまし。空いているお席へどうぞ」

おようがにこやかに声をかけた。

今日のつまみかんざしは小ぶりの蜻蛉(とんぼ)だ。草色の色合いが目に心地いい。

「なら、今日はこっちにしてみっか」

「いつも土間だからよ」

「たまにはいいとこに座ってやれ」

揃いの半纏の大工衆は一枚板の席にどやどやと座った。

それを見て、おちよがあいまいな顔つきになった。

この調子で座敷まで埋まってしまったら、お忍びの大名は土間に座るしかない。

「おっ、座敷が空いてるぜ」

「上がって食おうぜ」

「座敷のほうが落ち着くからな」

今度はべつの職人衆が上がってきた。

少し遅れて、黒四組の三人が入ってきた。

「土間でいいや。座敷を空けとこう」

安東満三郎が言った。

「承知で」

「やれ、どっこいしょ」

万年平之助と室口源左衛門が続く。

牡蠣飯の膳は好評だった。

「牡蠣がぷりぷりしてるぜ」

「臭みもねえしよ」

「さすがはのどか屋の中食だ」

牡蠣のむき身は大根おろしを加えてかき回してから水洗いをするのが骨法だ。さらに、湯にさっとくぐらせて冷たい井戸水に取って霜降りにすると、生臭さが取れて身がきゅっと締まる。

この牡蠣と米に合わせだしを加えて釜で炊く。昆布だしに酒に味醂に醤油。牡蠣のうま味を引き立てる味つけだ。

仕上げに三つ葉を散らして蒸らす。彩りも香りもいい名脇役だ。

好評だったのは牡蠣飯ばかりではなかった。

「この人参、うめえ」

「こんなうめえ人参食ったことねえぞ」

ほうぼうから声があがった。

「砂村でつくっている金時人参です。ちょっとよそでは味わえないもので」

おちよが自慢げに言った。

「そうかい。味が濃いな」

「焼き豆腐と甘藷もうめえ」

「こりゃいい日に来たぞ」

客はご満悦だ。

しかし……。

土間の黒四組とおちよは落ち着かない様子だった。

「まだ来ねえな」

安東満三郎が渋い表情で言った。

「この調子じゃ、四十食売り切れてしまいますな」

万年同心が入口のほうを見る。

「わしが見てきましょう」

室口源左衛門が急いで箸を動かし、膳を平らげた。

「駕籠が見えたら、つなぎをお願いします」

膳を運びながら、おちよが声をかけた。

「承知で」

日の本の用心棒が帯をぽんとたたいた。

その後も客は次々にやってきた。

「お相席でお願いします」

おけいが手で示した。

座敷はとうとう一杯になった。なるたけ空けておくようにするつもりだったが、続けざまの客だったから是非もなかった。

「あと何食？」

おちよが千吉に問うた。

「うーん……」

千吉は釜の残りを見た。

煮物と味噌汁は充分にあるが、牡蠣飯にはかぎりがある。

「あと十で」

千吉は両手の指を開いた。

「はい、残り十で」

おちよがおように伝えた。

「見てきます」

若おかみがあわただしく表に向かった。

「よし、おれらも」

「承知で」

黒四組の二人も腰を上げた。

五

「駕籠は来ねえなあ」

あんみつ隠密が腕組みをした。

「困ったのう」

だいぶ前から表で待っている室口源左衛門が言う。

「ちっ、また客が来たな」

万年同心が舌打ちをした。

「おう、間に合ったぜ」

「危ねえ、危ねえ」

「さあ、牡蠣飯でい」

なじみの左官衆がどやどやと入ってきた。

ほかの客も来た。万年同心が一瞬「ん？」という顔つきになる。

「おあと、四食になりました。お急ぎくださーい」

おようが懸命に声を張りあげた。

「おっ、あれは？」

あんみつ隠密が指さした。

駕籠ではなかった。

武家が三人、急ぎ足でこちらへ向かっている。

見憶えがあった。

大和梨川藩の勤番の武士と、お忍びの藩主に相違ない。

「徒歩で来やがったぞ」

黒四組のかしらが目をまるくした。

「やっぱりそうか」

万年同心が顔をつるりとなでた。

「つないできますぞ」

室口源左衛門が動いた。

「わたしも」

おようも続く。

「大和梨川藩、徒歩にて三人」

のれんをくぐるなり、室口源左衛門は胴間声(どうまごえ)で告げた。

いくたりもの客が何事かと振り返る。

「ああ、間に合った」

おちよが胸をなでおろした。

ほどなく、黒四組の二人と若おかみに案内されて、お忍びの大名と二人の勤番の武士が入ってきた。

「あいにくお座敷も一枚板の席も埋まっておりまして、そちらしか空きがございません」

おようがすまなそうに土間を手で示した。

「しばらくお待ちいただければ」

おちよがすぐさま言った。

「ここで良い」

お忍びの筒堂出羽守が笑って右手を挙げた。

「殿、お待ちになれば」

そう言った稲岡一太郎が「しまった」という顔つきになった。

先客の一人の表情が微妙に変わる。

「いや、殿様やないんやから、土間で」

兵頭三之助が笑みを浮かべて言う。

半ば墓穴を掘るような言葉だが、見たところ、だれも気づいていないような雰囲気だった。

「膳があれば、どこでも良い。ちと出遅れてしもうた」

お忍びの藩主は、そう言うなり真っ先に腰を下ろした。

やむなく二人の勤番の武士も続く。

「今日は原川さまは？」

江戸詰家老の姿が見えないことに気づき、おちよがたずねた。

「ご家老は……いや、その、腰が痛いので徒歩は勘弁してくれっちゅうことで」

将棋の名手が答えた。

「さようですか。では、いますぐお持ちしますので」

おちよは一礼した。

「なら、われらは場所ふさぎゆえ」

あんみつ隠密が右手を挙げた。

「ことに、わしはな」

偉丈夫の室口源左衛門が表に向かった。

「見廻ってから、あとでまた」

万年同心も続く。

「はい、上がったよ」

厨から千吉が声を発した。

大おかみと若おかみが膳を運ぶ。そのあいだにおけいが勘定場に立ち、千吉が下げものに出る。今日も合戦場（かっせんば）のような忙しさだ。

「お待たせいたしました」

「牡蠣飯のお膳でございます」

おちよとおようの声がそろった。

「おお、これはうまそうや」

お忍びの藩主がさっそく箸を取った。

「お武家さま、上方かい？」

食べ終えた左官衆の一人が気安く声をかけた。

「さよう。江戸には出て間もないのでな。今日はこのあと両国橋の西詰へ行くんや」

筒堂出羽守は包み隠さず言った。

それを聞いて、先客が一人、すっと腰を上げた。

「そうかい。そりゃ楽しみですな」

「まあ、食ってくだせえ」

「今日はことのほかうめえんで」

左官衆が口々に言った。

「うむ、そうしよう」

お忍びの大名は箸を動かしだした。

「おう、これはうまい」

牡蠣飯を食すなり、声があがった。

「江戸前の牡蠣でございますから」

おちよのほおにえくぼが浮かんだ。

「味つけも良いぞ。気に入った」

お忍びの藩主はご満悦だ。

「この人参がまたうまい」

兵頭三之助がうなった。

「京から渡ってきた金時人参を江戸風の味つけで」

おちよはどこか唄うように言った。

「ああ、これは口福の味や」

煮物を食した筒堂出羽守が感慨深げに言った。

「人参の味が濃いですね」

稲岡一太郎がうなずく。

「これは甘藷か？」

お忍びの藩主が問うた。

「さようでございます。金時人参と甘藷と焼き豆腐を煮合わせました」

おちよが答えた。

「どれもうまいぞ」

筒堂出羽守はそう言うと、今度は味噌汁の椀を手に取った。

葱と大根と油揚げだけの素朴な汁だが、これが牡蠣飯に合う。

「ああ、江戸の味や」

お忍びの大名は大仰（おおぎょう）に言った。

「ここ、空きましたぜ」

「お武家さまはお座敷に」

「おれらのほうが高（たけ）えとこじゃ相済まねえ」

食べ終えた職人衆が声をかけた。

「はは、苦しゅうない」

筒堂出羽守がそう答えたから、職人衆はいぶかしげな顔つきになった。

「煮物とお味噌汁でしたらお代わりができますが」

おようが出てきて水を向けた。

「ならば、煮物を」

真っ先に藩主が言った。

「では、それがしも」

稲岡一太郎が続く。

「それがしは味噌汁をもう一杯」

兵頭三之助が手を挙げた。

「承知しました」

若おかみが笑顔で答えた。

「毎度ありがたく存じました」

客を見送るおちよの声が響く。

のどか屋の中食は、今日も好評のうちに終わった。

第八章　御案内駕籠

一

「なら、頼むぞ。韋駄天にもつないでくれ」

安東満三郎が低い声で告げた。

「承知で」

万年同心が短く答えた。

「よし」

室口源左衛門が、ぽんと一つ刀の柄（つか）をたたく。

二人の手下を見送ると、あんみつ隠密はまたのどか屋に入った。

座敷には大和梨川藩の三人が陣取っていた。

「土間で召し上がって平気でございましたか、殿」

稲岡一太郎が気づかった。

ほかの客がいなくなったから、晴れて「殿」と呼びかけることができる。

「なんの。初めてで楽しかったわ」

筒堂出羽守は屈託なく答えた。

「下々の者とまじわるのがお好きでございますからな」

兵頭三之助が笑みを浮かべ、茶を少し啜った。

「国もとにおられたころから、下々の者とまじわっていたのですか」

黒四組のかしらが問うた。

「馬を駆ってほうぼうの里を廻った。畑の大根をかじらせてもろたり、干し柿をもろたり、一緒に焼酎を呑んだり、楽しいことは沢山(ようけ)あった」

大和梨川藩主は答えた。

「では、次の呼び込みも楽しんでくださいまし」

おちよが笑顔で言った。

「どうやれば良いのだ?」

藩主が問う。

「初めはわたしたちが手本をお見せしますので」

おようが言う。

「お殿様は無理になさらなくても」

おけいがおずおずと言った。

「そのあたりは、まあ成り行きで」

兵頭三之助がそう言って、残りの茶を呑み干した。

「では、いかがする。そろそろ行くか」

せっかちな藩主が問うた。

「いま少しゆっくりしてからで」

おちよが笑みを浮かべた。

「お茶のお代わりをお持ちします」

おようが言う。

「おう、頼む」

筒堂出羽守は湯呑みを差し出した。

ここで、表に人の気配がした。

中休みゆえのれんは出していないが、二人の男がふらりと入ってきた。

狂歌師の目出鯛三と絵師の吉市だった。

二

入ってきた二人は茶を所望した。

両国橋西詰の小屋にかかる芝居の引札(ひきふだ)を急遽頼まれたので、これから下見(したみ)に行くところらしい。

「それなら、うちの旅籠の呼び込みも同じ両国橋の西詰でやりますので、よろしかったらそこまでご一緒に」

おちよが水を向けた。

「さようですか。あそこは江戸でも指折りの繁華な場所ですからね」

目出鯛三が笑みを浮かべた。

「こちらは、呼び込みを見物したいということでいらした大和梨川藩のお武家さまがたです」

おちよはさらりと藩主をまじえて紹介した。

「さようですか。のどか屋さんとはゆかりで？」

目出鯛三が訊いた。

「代々と言えば大げさですが、宿直の弁当などをお願いしています」

稲岡一太郎が折り目正しく答えた。

「この猫侍なども」

ひょこひょこと通りかかったふくを指さして、兵頭三之助が言った。

「この子のきょうだいも、上屋敷でつとめているんです」

おちよがひょいと猫を取り上げて言った。

「鼠をよく獲るので重宝しておる」

筒堂出羽守が素のまま言ったから、思わず兵頭三之助が咳払いをした。

「おまえのきょうだいも気張ってるって。はい、遊んどいで」

おちよもごまかすようにふくを土間に放した。

茶が来た。

「あそこは人通りが多くて、駕籠や荷車も通るから飽きませんね」

吉市が絵筆を動かすしぐさをした。

「まあ、でも、引札は役者さんを描いてもらわないと」

目出鯛三はそう言って、湯呑みを口にやった。

「それは承知で」

絵師は笑みを浮かべた。

「旗指物(はたさしもの)などはないのか？」

筒堂出羽守が突拍子もないことを言いだした。

「いくさではありませんから」

おちよが笑う。

「以前は引札入りの半裃(はんがみしも)をつけて呼び込みに出ていたんですが」

千吉が言った。

「いまは仕込みがあるので、わたしとおけいさんの二人で行っております」

おようがおけいのほうを手で示した。

「そうか。ならば、そろそろ行くか」

お忍びの藩主が腰を上げた。

「おれよりせっかちだな」

あんみつ隠密が小声でおちよに告げた。

三

「われらはいかがいたしましょう」

両国橋の西詰へ向かいながら、稲岡一太郎がお忍びの藩主にたずねた。

「いくらか離れたところで見ておれ」

筒井堂之進と名乗る男が答えた。

「心得ました」

「知らぬふりをしております」

二人の勤番の武士が言った。

黒四組のかしらはどこか寄るところがあるらしく、途中から姿を消した。目出鯛三と絵師は、途中で別れて芝居小屋の下見に向かった。おようとおけい、それに大和梨川藩の三人が両国橋の西詰へと歩く。

「おお、にぎやかになってきたな」

お忍びの大名が笑みを浮かべた。

大道芸人に棒手振りに床見世。講釈師（こうしゃくし）に音曲（おんぎょく）。行き交う駕籠と荷車。江戸でも指折りの繁華な場所だ。

人出が多いから、呼び込みも数多い。旅籠の呼び込みだけでも何軒も出るため、声が重なっておのずとにぎやかになる。

「あっ、大松屋さんもいる」

おようが指さした。

大松屋の跡取り息子で、千吉の幼なじみの升造が、若おかみのおうのとともに先に呼び込みを始めていた。

「お泊まりは、内湯のついた大松屋へ」

「すぐそこの横山町です」

「さあさ、ご案内、ご案内」

息の合った呼び込みだ。

「こんにちは」

おようが明るく声をかけた。

「あっ、のどか屋さん」

「今日もよろしゅうに」

大松屋の若夫婦が笑顔で答える。

「近くの旅籠の大松屋さんです。元締めが同じなので、一緒に競いながら呼び込みをしてるんです」

おけいがお忍びの藩主に紹介した。

「そうか。よしなに頼むぞ」

筒堂出羽守が白い歯を見せた。

「こちらは？」

升造がいぶかしげに問うた。

「その……見習いのようなもので」

おようが少し迷ってから答えた。

「見習いさん？」

おうのが妙な顔つきになった。

「いずれ旅籠を営もうかと思うてな」

お忍びの藩主はいかにも嘘臭いことを口走った。

いくらか離れたところから見守っていた二人の勤番の武士があいまいな表情になった。これでは先が思いやられる。

「まあ、とにかく、うちも呼び込みを」

おようが笑ってごまかした。

「では、手本を見せてくれ」

お忍びの藩主がうながした。

「承知しました」

おけいがうなずいた。

「お泊まりは、横山町ののどか屋へ」

「朝は名物豆腐飯」

「おいしいですよー」

のどか屋の女たちが息の合った呼び込みを始めた。

「お泊まりは、内湯のついた大松屋へ」

「身も心もほっこりしますよ」

「あったか内湯の大松屋がいちばん」

「お部屋も広々、心もゆったり」

大松屋の若夫婦も負けじと声をあげる。

「料理自慢のお宿なら」

「横山町ののどか屋へ」

「朝は名物……」

そこでお忍びの藩主が口を開いた。

「豆腐飯でござる！」

行き交う者たちがぎょっとして振り向いたほどの声だった。

「ほんまにうまい朝餉（あさげ）なり」

筒堂出羽守はさらに続けた。

おようとおけいが顔を見合わせた。

これではつかまる客まで逃げていってしまう。

「あの、『のどか屋』だけでよろしゅうございますので」

おようがおずおずと言った。

「そうか」

お忍びの大名がうなずいた。

「では、改めて……お泊まりは」

およう は仕切り直しで声を発した。

「横山町の……」

おけいが続く。

お忍びの藩主は、ここぞとばかりに声を張りあげた。

「のどか屋でござる！」

四

離れたところから見守っていた兵頭三之助が、何とも言えない顔つきで首をひねった。

「あかんなあ」

「あれでは来る客も逃げていくな」

稲岡一太郎も渋い顔だ。

「そらそやな。殿にはそういう機微(きび)が分からんさかいに」

将棋の名手が言った。

「もう一軒の旅籠は客が見つかったようだ」

二刀流の剣士が指さす。

大松屋の若夫婦がにこやかに二人の客を案内するところだった。

のどか屋の面々に向かって、お先にとばかりに手を挙げた。

泊まりは、横山町ののどか屋でござる！


またしても声が響いた。

「『ござる』は要りまへんで、殿」

兵頭三之助が小声で言った。

「馬がびっくりしてのけぞったぞ」

稲岡一太郎が指さす。

「あっ、あれは？」

兵頭三之助がべつの場所を指さした。

「黒四組のかしらだな」

稲岡一太郎が気づいた。

いくらか離れたところに、安東満三郎の姿があった。

「何や、物々しいな」

兵頭三之助が首をかしげる。

安東満三郎からまたさらに離れたところに、いくたりか人の姿があった。

黒四組ばかりではなかった。町方とおぼしい者もまじっていた。

「妙な駕籠が来たぞ」

稲岡一太郎が言った。

麗々しい駕籠には、こんな札が掛かっていた。

江戸御案内

五

その駕籠は、のどか屋の呼び込みのすぐ近くで止まった。

中から降り立った男が、大きな扇子(せんす)を開いた。

そこにも「江戸御案内」と記されている。

「さあさ、江戸御案内のお駕籠でございますよ。お江戸の名所をさあーっとひと巡り。半日貸し切りでたったの二百文。お安いもんだよ。さあさ、乗ったり乗ったり」

調子のいい口上を始める。

二人の駕籠かきは客が乗るのをじっと待ち構えていた。どちらもいやに強面(こわもて)だ。

「初めは浅草、橋を渡って向島、本所深川、こちらに戻って日本橋から芝神明、望みがあればいずこなりとも出かけまする。さあさ、お得な江戸御案内。早い者勝ちだよ、乗ったり乗ったり」

声が弾む。

それを聞いて、お忍びの藩主がにわかに浮き足立った。

「半日貸し切りで名所案内か」

そう問う。

「さようでございます。駕籠は揺らさずに進みますので」

男はにこやかに答えた。

「そなたが案内役か」

筒堂出羽守はさらに問うた。

「さようでございます。元は飛脚ですので、脚には鍛えが入っております」

男はおのれの太腿をたたいてみせた。

「帰りはここへ戻るのか。望みのところまで送ってくれたりはせぬのか」

問いが矢継ぎ早に発せられる。

「もちろん、お望みのところまでお送りしますよ」

男はしたたるような笑みを浮かべた。

「そうか」

お忍びの藩主はのどか屋の二人を見た。

「悪いが、呼び込みはここまでだ」

筒堂出羽守はさっと右手を挙げた。

「さようでございますか」

内心はほっとする思いで、おようは答えた。

この調子で呼び込みを続けられたら、客は一人もつかまらないに違いない。

「この駕籠にお乗りになるので？」

おけいがやや気づかわしげに訊いた。

「そのつもりだ。わが藩士たちの顔を見たら、そう伝えてくれ」

せっかちなお忍びの大名は口早に答えた。

「では、まいりましょう。忘れられぬ半日のご案内になりますよ」

男は笑顔で言った。

ただし、その目はいささかも笑ってはいなかった。

「楽しみだ」

お忍びの藩主が動いた。

「さあさ、どうぞ」

「お乗りくださいまし」

駕籠かきが手で示す。

「うむ、頼む」

筒堂出羽守は何の疑いも持たずに乗りこんだ。

「それでは、ご案内させていただきます」

男が高らかに言った。

駕籠が持ち上がった。

だが……。

動きだそうとしたとき、だしぬけに声が放たれた。

「ちょいと待ちな」

大声を発したのは、黒四組のかしら、安東満三郎だった。

六

「おめえの企(たくら)みはお見通しだぜ、ご案内の辰」

あんみつ隠密は言った。

「げっ」

ご案内の辰と名指しされた男がうろたえる。

「な、何事だ」

お忍びの藩主が狼狽(ろうばい)の声をあげた。

姿を現わしたのは、あんみつ隠密だけではなかった。

万年同心と室口源左衛門も前へ進み出た。

「御用だ」

「御用」

その後ろから、町方の捕り方がわらわらと現れる。

韋駄天侍がつなぎに走り、いち早く駆けつけた捕り方だった。

「てやんでえ」

ご案内の辰が本性を剝きだした。

それを見て、往来から手下が二人さっと走ってきた。

そのうちの一人は、のどか屋の中食にいた男だった。

勤番の武士がうっかり「殿」と呼んだところから糸をたぐり寄せた手下は、「いい獲物がいますぜ」とかしらに伝えた。

ご案内の辰は、しめたとばかりに動いた。稼ぐときは続けざまに稼ぐのがこの悪党のやり方だ。

「ひっ」

成り行きを見守っていたおようが短い声をあげた。

ご案内の辰がふところから短刀を取り出したのだ。

「動くな」

お忍びの藩主に刃物を突きつける。

「殿！」

二人の勤番の武士があわてて駆け寄る。

「寄るな」

賊は大声を発した。

両国橋の西詰は大変な騒ぎになった。

野次馬が次々に群がり、成り行きを見守る。そのなかには、狂歌師の目出鯛三と絵師の吉市も含まれていた。

「こいつの喉笛(のどぶえ)をかき切ってやるぞ」

刃物を突きつけたまま、ご案内の辰が言った。

「ぐっ」

間合いを詰めたところで、室口源左衛門が止まった。

さしもの日の本の用心棒も、藩主を人質に取られては手出しができない。

「ちっ」

万年同心も舌打ちをする。

網を張るところまではうまく事が運んだが、これは意想外の展開だった。

しかし……。

ここで予期せぬ動きがあった。

その動きを起こしたのは、ほかならぬお忍びの藩主だった。

「ええいっ」

せっかちな筒堂出羽守は、おのれの危険をも顧みず、突きつけられた刃物を手で払いのけようとした。

これには賊も不意を突かれた。

「野郎っ」

あわてて刃物を振るう。

それはお忍びの大名の二の腕を切った。

「殿！」

勤番の武士たちが走る。

「いまだ」

万年同心が声を発した。

ここぞとばかりに、室口源左衛門が踏みこんだ。

「ていっ」

手下の剣を振り払い、峰打ちを喰らわせる。

「ぐわっ」

のどか屋で獲物を見つけた手下がのけぞった。

「御用だ」

「御用」

町方の捕り方がわっと押し寄せる。

もう一人の手下も、たちどころにお縄になった。

「ええい、どけっ」

刃物を振り回しながら、ご案内の辰は逃げようとした。

だが……。

もはや袋の鼠だった。

「神妙にしろ」

「御用だ」

町方に取り囲まれた賊は、ついに逃げ場をなくしてお縄になった。

「殿、お怪我は」

兵頭三之助があわてて問うた。

「なに、かすり傷だ」

筒堂出羽守は答えた。

しかし、思わぬ成り行きにその顔色は蒼ざめていた。

さすがに繁華な場所で、医者がすぐ見つかり、応急の手当てをしてくれた。

これでひと安心だ。

「怪我はなかったか」

のどか屋の女たちに近づき、あんみつ隠密が問うた。

「はい、大丈夫です」

おようが答えた。

「大変な捕り物でしたな」

目出鯛三が駆け寄って言った。

「ああ、ちいと冷や汗をかいたが」

黒四組のかしらは額に手をやった。

「何にせよ、大事に至らなくてほっとしました」

のどか屋の若おかみは胸に手をやった。

その様子を見て、黒四組のかしらは我に返ったような顔つきになった。

そして、往来に向かって高らかに声を発した。

「これにて、一件落着！」

第九章　月見うどんと天麩羅

一

翌日の昼下がり――。

両国橋の西詰に、面妖(めんよう)ないでたちの男が現れた。

真っ赤な鯛のかぶりものをしているから、ひときわ目立つ。

「さあさ、昨日の捕り物のかわら版だよ。わたしはこの目で見てたから、これよりたしかなことはない。その当人が書いたかわら版だ。買ったり買ったり」

目出鯛三だ。

おのれで文案を練り、吉市が絵を描いたかわら版を、いままさに売りさばきだしたところだった。

「お縄になったのは、名うての悪党、ご案内の辰。ちょうど昨日のいまごろ、わたしがいま立っているここで捕り物があった。その一部始終がこのかわら版に書かれてるよ。さあさ、買い逃すべからず」

「買ったり買ったり」

一緒に売りに来たかわら版屋が刷り物をひらひらさせる。

「おっ、昨日の捕り物かい？」

「もうかわら版になったのか」

「やることが早(はえ)えや。一枚くんな」

さっそく手が伸びた。

「毎度ありがたく存じます」

かわら版は飛ぶように売れていった。

終わりがたに、のどか屋のおようとおけいも姿を現わした。

「おお、のどか屋さん、一枚差し上げましょう」

鯛のかぶりものをした男は、にこやかにかわら版を差し出した。

「えっ、いただけるんですか？」

おようが驚いたように問うた。

「そちらの引札にもなるかと思い、名を出させていただいたもので」

目出鯛三は答えた。

「うちの名を？」

おようはかわら版をあたらめた。

こう記されていた。


あはや凶賊ご案内の辰の毒牙にかからんとせしは、横山町の旅籠付き小料理のどか屋の呼び込みの見習ひをつとめてをりし、さるやんごとなきお方なり。


いかなる「やんごとなきお方」であるかは、周到に伏せられていた。

かわら版は続く。


されど、さる筋の捕り方はすでに網を張つてをりし。

さるやんごとなきお方が、江戸御案内の駕籠にいましも乗りこまんとせしとき、待つてましたとばかりに、

「御用」

の声がひびきけり。

「さる筋」とはむろん黒四組だ。

あんみつ隠密の「これにて、一件落着」の声を聞いた目出鯛三は、素早く聞き込みに行った。「やんごとなきお方」や「さる筋」などとぼかすことを条件に、安東満三郎は事の次第を伝えた。

あんみつ隠密としては、かわら版の種にすることで、江戸の民に注意を促すという意図もあった。

さてもさても、危ういところなりき。
見知らぬ駕籠にうかうかと乗りこむなかれ。
こたびの一件にて思ひ知るべし。

捕り物の仔細（しさい）が伝えられたあと、かわら版はそう締めくくられていた。

二

「大事に至らなくて良かったね」

長吉屋の一枚板の席で、隠居の季川が言った。

「わたしのいないときに、もしものことがあったら大変でした」

時吉がほっとしたように答えた。

「このやんごとなきお方というのは？」

灯屋の幸右衛門がたずねた。

かわら版を手に長吉屋へやってきたのは、この書肆のあるじだ。

「いや、それは伏せておかねばなりませんので」

時吉が笑みを浮かべて答えたとき、客が入ってきた。

「お、ちょうどいいところへ来たね」

隠居が言った。

長吉屋に姿を現わしたのは、黒四組のかしらだった。

「遅かりしか」

一枚板の席に置かれていたかわら版をちらりと見て、あんみつ隠密は苦笑いを浮かべた。

その手にも同じものが握られている。どうやら時吉に仔細を伝えに来たらしい。

「昨日戻ってから、おようから事細かに聞いたのですが」

時吉が言った。

「そうかい。急な捕り物で、こちらも段取りがうまく進まなくてな」

安東満三郎はそう弁解した。

「こちらは『さる筋』の方でして」

時吉が灯屋の幸右衛門にあんみつ隠密を紹介した。

「灯屋という書肆を営んでおります、幸右衛門と申します。のどか屋さんには料理の早指南本をお願いしておりまして」

幸右衛門は如才なく言った。

「そうかい。『さる筋』のかしらだ」

あんみつ隠密は渋く笑った。

ここで肴が出た。

蓮根のはさみ揚げだ。

芝海老のすり身を蓮根ではさみ、かりっと揚げている。

「安東さまは味醂で。ほかの方は天つゆにもみじおろしを添えて」

時吉が手際よく椀を出した。

「蓮根の穴にもすり身が入るから、かりっとしたところと、もちっとしたところがあって絶妙だね」

隠居の白い眉がやんわりと下がった。

「これも早指南にぜひ」

灯屋のあるじが満足げに言った。

「うん、甘え」

はさみ揚げを味醂にどっぷり浸して食したあんみつ隠密の口から、お得意のせりふが飛び出した。

「では、紙を一枚書いておきます」

時吉が笑顔で答えた。

「紙につくり方を書くのかい」

あんみつ隠密がそう問うたから、時吉と灯屋のあるじが勘どころを伝えた。

「紙がたまれば、いくらでも早指南ものを出せそうだね」

隠居がそう言って、猪口の酒を呑み干した。

「江戸の早指南もののもいいかもしれねえな」

安東満三郎はとがったあごに手をやった。

「江戸の早指南ものでございますか」

灯屋のあるじが身を乗り出す。

「そうだ。このたびは、江戸へ出てきたばかりのさるやんごとなきお方が、危うく難に遭うところだった。江戸はにぎやかで楽しい町だが、いいことばかりが起こるわけじゃねえ。悪いやつだっていろいろいるし、落とし穴もほうぼうにある」

あんみつ隠密もくいと酒を呑み干す。

「なるほど、そこで『江戸早指南』の出番でございますね」

頭の巡りの速い灯屋のあるじが言った。

「そうだ。巾着切り(きんちゃくき)りの見分け方とか、いかさま見世物のやり口とか、うまい話には裏があるとか、間違っても賭場(とば)には行っちゃいけねえとか、まあいろいろとお上(のぼ)りさんに教えることはあらあな」

黒四組のかしらは言った。

「それはよろしゅうございますね。番所へのつなぎ方とか、火事が出たとき、地震のときにどうしたらいいかとか、そういったことも記せば役に立ちましょう」

幸右衛門は次々に案を出した。

「そりゃいいな。ぜひ出してくれ」

安東満三郎が笑顔で言った。

「承知しました」

灯屋のあるじが力強く請け合った。

三

「さすがの殿も懲りたようですわ」

兵頭三之助が座敷で苦笑いを浮かべた。

「お怪我は大丈夫でございますか」

おようが気づかう。

「それはもう、痛みもないようで」

稲岡一太郎が答えた。

「さようですか。それは良うございました」

のどか屋の若おかみは安堵の笑みを浮かべた。

「で、ご家老がこちらのあるじもいるときにあいさつにうかがいたいと」

兵頭三之助が用向きを切り出した。

「そうしますと、長吉屋が早上がりになりますので、早くても七つごろになってしまいますが」

おちよが申し訳なさそうに言った。

「ああ、それくらいのほうがこちらも好都合ですので」

稲岡一太郎が白い歯を見せた。

「ほな、三日ののちはどないでしょう。こちらの都合で相済まんことですが」

兵頭三之助が水を向けた。

「承知しました。それなら長吉屋の段取りもできるでしょうから」

おちよは笑みを浮かべた。

「お待たせいたしました」

話が決まったところで、若おかみが膳を運んできた。

今日の中食は月見うどん膳だった。多めに打ったから、まだいくらか余りがあった。

それを勤番の武士たちにも出すところだ。

「おお、うまそうやな」

将棋の名手がのぞきこんだ。

「具もたくさんで」

剣士が和す。

「油揚げに蒲鉾(かまぼこ)に椎茸に葱、それにもちろん玉子が入っております」

どこか唄うように、おようが言った。

「うん、こしがあってうまいわ」

兵頭三之助が言った。

「つゆもこくがあって美味だ」

稲岡一太郎も笑みを浮かべた。

その様子を見て、厨の千吉がほっとしたような顔になった。

蕎麦打ちは加減がむずかしく、なかなか中食には出せないが、うどんなら話はべつだ。季節ごとに塩加減を微妙に変えたりはするが、粉と水と塩だけでつくれるため、気を入れてこねているうちにさまになってくる。

おいしくなれ、おいしくなれ……。

そう念じながら、うどん玉を鉢にたたきつけているうちに、おのずとこしが生まれてくる。

中食の月見うどんには茸の炊き込みご飯を付けた。秋にはいくたびも登場する重宝な品だ。

「茸の飯もうまいな。うどんともども、攻めでも受けでもいけそうや」

兵頭三之助が将棋になぞらえて言った。

「うどんの玉子は面(めん)一本だな」

稲岡一太郎は剣術になぞらえる。

「そりゃあ、うどんも『めん』ですから」

若おかみがうまいことを言ったから、のどか屋に和気が満ちた。

四

三日後の七つごろ――。

時吉は急いでのどか屋に戻ってきた。

「間に合ったか」

のれんをくぐるなり、時吉は額に手をやった。

「お帰りなさい。原川さまはそろそろ見えると思うけど」

おちよが言った。

一枚板の席には、元締めの信兵衛と隠居の季川が陣取っていた。隠居は大松屋で内湯に入ったあと、二階の部屋で按摩の良庵の療治を受けたところだ。今日はそのままのどか屋に泊まり、明日の朝の豆腐飯を食してから駕籠で浅草の隠居所に戻る。

「掛け持ちで大変だね」

隠居が労をねぎらった。

「仕込みの指示などもありますから、いろいろ気を遣います」

時吉が答えた。

「もう少し近くならいいんですがねえ」

と、おちよ。

「雨風の日は大変で。……おう、すまないね」

時吉はおようが運んできたお茶の湯呑みを手に取った。

「今日の中食はどうだった?」

いくらか茶を啜ってから、時吉は千吉に問うた。

「うーん、売り切れたけれど……」

千吉はあいまいな顔つきで答えた。

「ちょっと手が遅れて、欲張るもんだから」

おちよが言う。

「穴子（あなご）の煮物が膳の顔なら、ただの飯か、せいぜい炊き込みご飯だな」

と、時吉。

「そうそう。焼き飯まで欲張るから手が遅れて、文句が出ちゃって」

おちよが伝えた。

干物に大根菜に刻んだ蒲鉾に大豆。醬油の香りがぷうんと漂う具だくさんの焼き飯は美味だが、中食の膳だと手が遅れ気味になる。

「いくらうまくても、お客さんを待たせたら元も子もないぞ」

時吉が厳しい顔つきで二代目に言った。

「はい。次から気をつけます」

千吉は殊勝（しゅしょう）に答えた。

「で、穴子はまだあるのか？」

時吉は訊いた。

「煮物はなくなったけど、穴子はあるので天麩羅にと」

千吉は答えた。

「そうか」

時吉の表情がやっとやわらいだとき、表で人の話し声がした。

「あっ、見えたわ」

おちよが言った。

ほどなく、大和梨川藩の二人の勤番の武士が到着し、江戸詰家老が駕籠から下りた。

五

「おお、こら豪勢やな」

出された料理を見るなり、原川新五郎が言った。

「穴子の一本揚げでございます。お箸でさくっと切れますので」

おようが笑顔で告げた。

「あ、ほんまや」

江戸詰家老が声をあげた。

穴子が丸まったりしないように、きれいに揚げるのにはこつが要る。初めはしくじりも多かった千吉だが、このところは時吉が思わずうなずくような手際を見せていた。

「衣がさくっとしていてうまいな」

稲岡一太郎が笑みを浮かべる。

「穴子も脂がのってるわ」

兵頭三之助も満足そうだ。

「うん、うまい」

原川新五郎が最後に言った。

「で、お殿さまはいかがで？」

おちよが少し声を落としてたずねた。

「さすがに懲りたようやった。わたしもだいぶ説教したんで」

江戸詰家老はそう言うと、藩士がついだ酒をきゅっと呑み干した。

厨では親子の料理人が次の天麩羅を揚げていた。

海老に椎茸に鱚。それに、金時人参のかき揚げ。海と山の幸が悦ばしい音を立てながら次々に揚がっていく。

「お説教でございますか」

今度はおちよが酒をついだ。

「そや。もしお忍びの藩主が賊にさらわれて、身代金とか取られたらどうなる？　こら、下手したら御家は取りつぶしやで。藩士は路頭に迷うことになってまう。そのあたりをよう考えて、くれぐれも軽はずみなことはせんようにと、口を酸っぱくして言うといた」

原川新五郎は熱っぽく語った。

「ご家老のおっしゃることはお聞きになるんで」

兵頭三之助が笑みを浮かべた。

「では、お殿さまがお忍びで江戸の町へ出られることはもう……」

「いや、そういうわけやないんや、おかみ」

江戸詰家老はおちよを手で制してから続けた。

「うかうかと賊の駕籠に乗りかけたことは大いに反省してる。ただ、それとこれとは話がべつや。また難儀なことを言いだしてなあ」

原川新五郎がそこまで言ったとき、天麩羅が運ばれてきた。

「お待たせいたしました」

「海山の幸の天麩羅でございます」

千吉とおようが大皿と天つゆを置きはじめた。

「おう、まずはあつあつを食うてからやな」

江戸詰家老が言った。

「そういたしましょう」

稲岡一太郎がおのれの天つゆを手に取った。

「塩でもお召し上がりくださいまし」

おようが小壺を手で示す。

「播州赤穂（ばんしゅうあこう）の塩ですので」

千吉が笑顔で告げた。

大根おろしを添えた天つゆと塩、それぞれに味わいが違う。大和梨川藩の三人はひとしきり天麩羅を賞味した。

「鯛茶もお出しできますが、いかがでしょう」

箸の動き方を見ていた時吉が声をかけた。

「ええな、もらおか」

原川新五郎がすぐさま答えた。

ほどなく支度が整い、頭数分の鯛茶が運ばれてきた。

「あるじもちょっと座ってくれ。さっきの話の続きや」

江戸詰家老は畳を手でたたいた。

「承知しました」

時吉が正座する。

「で、こたびの件で懲りたかと思いきや、懲りひんとこもあるお方でなあ、わが殿は」

原川新五郎はあいまいな顔つきで言うと、鯛茶を食しはじめた。

それを見て、勤番の武士たちも続く。

「おまえは、あかんぞ」

身を乗り出してきた猫の小太郎に向かって、兵頭三之助が小声で言った。

「どう懲りていないのでしょう」

おちよがたずねた。

「盛り場はいろいろ危ないことが分かったさかい、しばらくは足を向けんようにする。そこまではええわいな」

江戸詰家老はそう言うと、またひとしきり箸を動かした。

「盛り場じゃないところへ行きたいと」

おちよは先を読んで言った。

「読むな、おかみ」

原川新五郎はにやりと笑って、残りの鯛茶を胃の腑に落とした。

「どこへ行きたいとおっしゃってるんです？」

時吉が少し身を乗り出してたずねた。

大和梨川藩の江戸詰家老は、一つ咳払いをしてから答えた。

「今度は湯屋へ行ってみたいと言うんや」

六

その後の段取りは、存外（ぞんがい）にとんとんと進んだ。

湯屋といえば、のどか屋には当たりがある。

岩本町の湯屋だ。

常連の寅次が御神酒徳利の富八とともに来たら、話をしてみればいい。初めは驚くだろうが、よもや嫌だとは言うまい。

岩本町の湯屋なら、出たところに細工寿司（さいくずし）の「小菊（こぎく）」がある。時吉の弟子の吉太郎（きちたろう）と寅次の娘のおとせが切り盛りする名店だ。お忍びの藩主はきっと喜ぶだろう。

湯屋へは勤番の武士に加えて、千吉も同行する。徒歩にて進む道々、天水桶などを説明すれば「江戸早指南」になるだろう。

湯から上がったら湯屋の二階でしばしくつろいだあと「小菊」へ向かう。のどか屋に戻る時分には時吉も長吉屋から戻っているから、所望があればさらに酒肴を出すことができる。

さらに、万が一泊まり部屋を求められたときに備えて、一階の部屋を空けておく。

段取りは次々に決まった。

岩本町の御神酒徳利が姿を現わしたのは、それから二日後の二幕目だった。

座敷には、よ組の火消し衆もいた。内々の話だから、おちよが寅次だけ裏手へ呼び出して用向きを告げた。

「えっ、お殿さまがお忍びでうちへ？」

せっかく人目を避けたのに、寅次が驚いて大声をあげたからすっかり台なしになった。

「いまお殿さまって聞こえたがよ」

野菜の棒手振りの富八がすぐ飛び出してきた。

「なんでえ。人が足りねえんなら、うちから出すぜ」

よ組のかしらの竹一も顔を見せて言う。

「い、いえ、その、『お殿さま』っていうあだ名のお武家さまがそのうち見えるっていう話で、おほほほ」

おちよは笑ってごまかした。

「なんだ、そうかい」

かしらと一緒に出てきた纏持ちの梅次は幸い素直に信じてくれた。

「……すまねえ」

寅次が小声でわびる。

ここで千吉が出てきた。

「そのあと、『小菊』へご案内しますので」

湯屋のあるじに告げた。

「吉太郎さんたちにも伝えとかないと」

と、おちよ。

「なら、あとで一緒に」

千吉が言った。

「こちらはつくり置きの肴でどうにかなるから、行っといで」

おちよが声を落として言った。

「本物の殿様なのかい」

それと察して、富八が問うた。

「うちの人がかつて禄を食んでいた大和梨川藩のお殿さまが、こないだもお忍びで見えて。……あ、これはここだけの話で」

おちよはクギを刺すように言った。

「分かったよ」

富八は右手を挙げた。

「しっかし、驚いたねえ。かかあが目を回すぜ」

湯屋のあるじは腕組みをした。

「広まるといけないので、寅次さんだけで。あとは『小菊』と」

おちよが言った。

「承知で」

寅次の顔つきが引き締まった。

「なら、火消しさんたちが腰を上げたら、一緒に岩本町へ」

千吉が段取りを進めた。

「どこをどうご案内するか、ちゃんと下見をしてきなさい」

おちよが言った。

「うん。しっかり見てくる」

千吉は気の入った表情で答えた。

第十章　湯屋と細工寿司(さいくずし)

一

その日が来た。

お忍びの大和梨川藩主は、再びのどか屋ののれんをくぐった。

二幕目に来て、岩本町の湯屋へ向かうという段取りだったのだが、筒堂出羽守が姿を現わしたのは中食だった。どうやらまた食したくなったらしい。急に言われたようで、もはやお付き役と言ってもいい二人の武家はあたふたしていた。

今日の中食は、寒鰈(かんがれい)の刺身膳だった。脂ののった寒鰈の刺身に、根菜と厚揚げの煮物、根深汁(ねぶかじる)に金平(きんぴら)の小鉢が付く。

またしても成り行きで、お忍びの藩主は土間に座ることになった。ただし、座敷よりこのほうが楽しそうだ。

「おう、海のものはうまいな」

さっそく刺身を食した筒堂出羽守が言った。

「こりこりしてますね」

兵頭三之助が笑みを浮かべた。

「煮物もうまいです」

稲岡一太郎が和した。

「今日はただの飯かい」

客の一人が問うた。

「焼き飯まで欲張ったら、手が足りなくなったことがあるもので」

千吉が厨から答えた。

「そりゃ学んだな」

「焼き飯なら、あとはつくり置きの料理にすりゃあいい」

「なんにせよ、うめえや」

そろいの半纏の大工衆が口々に言った。

「汁も美味なり」

お忍びの藩主が言った。

将棋の名手がそれとなく咳払いをする。あまりしゃべらせると、また「苦しゅうない」が飛び出して怪しまれてしまう。

「お武家さま、見かけねえ顔だな」

大工の一人が気安く話しかけてきた。

「江戸へ出てきたばかりなんや」

筒堂出羽守が答えた。

「浪人かい？」

さらに問う。

「まあ、そんなとこで」

代わりに兵頭三之助が答えた。

「そうかい。江戸には道場もいろいろあるから、気張ってやりな」

励ましの言葉が飛んだ。

「心得た」

やや芝居がかった声で、筒堂出羽守は答えた。

二

当初の段取りどおり、岩本町の御神酒徳利は中休みのときに現れた。

いつも元気で明るい湯屋のあるじだが、今日ばかりは勝手が違う様子だった。初めからおっかなびっくりで腰が引けていた。

「ご苦労さまです」

おちよが声をかけた。

「その方が湯屋のあるじか。大儀（たいぎ）である」

お忍びの大名が寅次に言った。

「へ、へえ……い、岩本町の湯屋で」

寅次はへどもどしながら答えた。

「そのつれで、野菜の棒手振りの富八と申しやす」

富八が名乗った。

こちらは存外に平気な顔だ。

「浪人、筒井堂之進だ。よろしゅう頼む」

お忍びの大名は白い歯を見せた。

「では、ご案内いたしましょう」

千吉が急いで出てきた。

「おう、頼む」

筒堂出羽守は歯切れよく言った。

「われらが護りますゆえ」

稲岡一太郎が兵頭三之助のほうを手で示した。

「いくらか離れたところで良いぞ」

お忍びの藩主が言った。

「心得ました」

将棋の名手が一礼した。

「なら、岩本町まで」

千吉が身ぶりをまじえた。

「いってらっしゃいまし」

「お気をつけて」

若おかみと大おかみの声がそろった。

初めは硬い表情だった寅次だが、湯への入り方などを教えるにつれて、やっといつもの舌が回るようになってきた。

「なかには立派な彫り物をしてる客もおりますが、気安く声をかけたりしないでくださいまし」

湯屋のあるじがクギを刺した。

「なぜ声をかけてはならぬのだ」

お忍びの藩主が問う。

「江戸にいるのは善人ばかりじゃありませんや。ならず者だっておりますから」

寅次は答えた。

「彫り物のある客にはうかつに近づかないでください。じろじろ見たりするのも駄目です。因縁をつけられたら困りますから」

今度は千吉が言った。

「触らぬ神にたたりなし、で」

野菜の棒手振りが笑みを浮かべた。

「江戸で暮らすのは、なかなかにむずかしいものやな」

大和梨川藩主は歩きながらあごに手をやった。

岩本町へ向かうあいだにも、筒堂出羽守はさまざまなものに興味を示した。

用もないのに番所へ入ろうとしたからあわてて止めたり、向こうからやってきた駕籠に声をかけて怪しまれたり、周りは冷や汗をかきどおしだった。

古着屋や小間物屋などでいちいち足を止め、品をあらためようとするので、なかなか岩本町に到達しない。

団子屋(だんごや)では買い食いを始めた。むろん、巾着は持っていないから、払いは勤番の武士たちだ。

「おう、これは醤油味で香ばしいな」

焼き団子を食した筒堂出羽守が満足げに言った。

「こういう団子屋や茶見世は江戸のほうぼうにございます」

千吉が笑顔で言う。

「わが城下では望むべくもない。さすがは江戸や」

お忍びの藩主はそう言って焼き団子を胃の腑に落とした。

「殿、あまり怪しまれるようなことは」

兵頭三之助が手綱を締めた。

「そうか。気をつけていよう」

筒堂出羽守は表情を引き締めた。

そんな按配で時はかかったが、ようやく岩本町に着いた。

「こちらでございます」

寅次が手で示した。

「うむ」

お忍びの大名がうなずく。

大和梨川藩主は、こうして生まれて初めて湯屋へ足を踏み入れた。

三

「冷え者でござる！」

柘榴口から湯へ入るとき、お忍びの藩主は声を発した。

体が冷えているので、入れさせてくださいまし。

先客に声をかけてから入るようにと、湯屋のあるじは事細かに教えた。

しかし……。

筒堂出羽守の声はあまりにも大きすぎた。

区切られた湯だからなおさら響く。先客が何事ならんといっせいに見た。

「ああ、ええ湯や」

また声が響いてきた。

外で待っていた千吉が勤番の武士たちと顔を見合わせる。

「こら、ええ」

響いてくるのは、お忍びの藩主の声ばかりだ。

何か悶着（もんちゃく）を起こさなければいいけれど……。

千吉は案じたが、なにぶんせっかちなたちだから、幸い長湯にはならなかった。

筒堂出羽守は上機嫌で湯から上がって体を拭くと、着物を着て湯屋の二階へ向かった。千吉と勤番の武士たちも続く。

「湯屋の二階では、頼めば茶菓子も出ます」

千吉が教えた。

「そうか。そら、ええな」

お忍びの藩主が言った。

その声を聞いて、先客の武家が顔を上げた。

「おぬしは上方か」

いくらか険のある声で問う。

「そや。大和梨川や」

適当なことを答えておけばいいものを、お忍びの大名は包み隠さず言った。

「知らぬのう」

浪人風の男が鼻で嗤うように言う。

「小なりといえども、一万石の良き国なり」

筒堂出羽守はむっとしたように言った。

「それは小さいのう」

また侮る声が返ってきた。

「江戸ではだれも知りませぬ」

稲岡一太郎がなだめるように言った。

「さあ、お茶と羊羹が来ました」

千吉がおかみから盆を受け取った。

「ここの羊羹はうまいですぜ」

湯屋まで付き合ってきた富八が言う。

「おう、これはうまそうや」

お忍びの藩主はすぐ機嫌を直した。

お付き役の二人の武士がほっと息をつく。

こんなところで喧嘩でも始まったら目も当てられない。

「この羊羹はうまいな」

ひと口食すなり、筒堂出羽守が笑みを浮かべた。

「江戸にはおいしい菓子屋がたんとございますから」

千吉が笑顔で告げた。

「それはますます楽しみだ」

お忍びの藩主はそう言うと、残りの羊羹をわしっとほおばった。

四

「またのお越しを」

湯屋のあるじがにこやかに言った。

「うむ、世話になった」

お忍びの藩主が笑みを浮かべた。

大和梨川を浪人に侮られたときはどうなることかと思ったが、生まれて初めての湯屋には満足したようだ。

「では、続きまして、細工寿司の『小菊』へご案内いたします」

千吉が如才なく身ぶりをまじえた。

段取りを整えておいたので、「小菊」は貸し切りになっていた。

「いらっしゃいまし」

「お待ちしておりました」

吉太郎とおとせがていねいに頭を下げた。

「おお、これは花盛りだな」

筒堂出羽守が目を瞠った。

寿司桶の中で、桜や牡丹（ぼたん）や菊などが互いに妍（けん）を競っている。細工寿司の名手の吉太郎が腕によりをかけてつくったものだ。

「うわ、初めて見たな」

兵頭三之助も驚いたように言う。

「食すのがもったいないくらいだ」

稲岡一太郎も和す。

一枚板の席に陣取った大和梨川藩の三人は、さっそく舌鼓を打ちだした。

千吉は客側ではなく、厨に入った。

「よしよし、達者だね」

ただし、寿司づくりではなく、猫と遊びだした。

のどか屋で飼っていたみけの子のしろだ。

「小菊」が建っているのは、もとは岩本町ののどか屋だった。大火で焼け出されたあと、飼い猫の一匹だったみけだけは焼け跡を動こうとしなかった。そこで、のどか屋の跡地に見世を構えることになった「小菊」で飼うことになったのだった。みけが天寿を全うしたあと、せがれのしろが二代目の看板猫になっている。

「食してもうまいぞ。この赤だしの汁もいい」

お忍びの大名が満足げに言った。

「ああ、ほんまや」

兵頭三之助が続く。

「海苔も寿司飯もちょうどいいですね」

稲岡一太郎が笑みを浮かべた。

「いま新たな細工寿司をおつくりしますので」

吉太郎がそう言って、お忍びの藩主の顔を見た。

千吉が笑みを浮かべる。

何をつくるかまで、どうやら段取りが決まっているようだ。

小さい細巻きを何本もつくり、より合わせて簀巻き（すまき）にする。水際立った手つきだ。

「では、切らせていただきます」

やや芝居がかったしぐさで、吉太郎は包丁をかざした。

「うむ、楽しみや」

筒堂出羽守がうなずく。

「いざ」

吉太郎は大ぶりな細工寿司に包丁を入れた。

素早く皿に取り分けて出す。

「おお、これは」

筒堂出羽守が目を瞠（みは）った。

「殿でございますな」

「こら見事や」

お付き役の二人が声をあげた。

「『小菊』の得意料理、細工寿司の似面でございます」

　吉太郎の代わりに、千吉が口上を述べた。

　豊かな髷から大きな目や立派な鼻まで、さすがに事細かにとまではいかないが、ため息がもれるほどあざやかにかたどられている。

「これは素晴らしい。あっぱれや」

　お忍びの藩主が破顔一笑した。

「食わんと持って帰りたいほどや」

　兵頭三之助が言う。

「目がさめるような面一本で」

　稲岡一太郎が剣を振り下ろすしぐさをした。

「うん、うまい」

　筒堂出羽守がさっそく食して笑みを浮かべた。

「江戸広しといえども、これだけの細工寿司をつくれるのは『小菊』だけでございます」

　千吉が持ち上げた。

「うむ、満足や」

大和梨川藩主は心底嬉しそうな顔になった。

五

のどか屋へ戻る途中で、あたりはだんだんに暗くなってきた。

風も出てきた。

そろそろ師走(しわす)になるかという頃合いだ。夕方の風は冷たい。

「戻ったら、あたたかいものをお出ししますので」

千吉が言った。

「そやな。江戸も夕方は寒い」

お忍びの藩主が首をすくめた。

のどか屋には時吉が戻っていた。すでにのれんはしまわれている。あとはお忍びの藩主の帰りを待つばかりという構えだった。

「お帰りなさいまし」

おちよが出迎えた。

「いま、御酒と料理をお持ちいたしますので」

時吉が座敷を手で示した。

「おう、すまぬ。湯屋も細工寿司も上々であった」

筒堂出羽守は邪気(じゃき)のない表情で言った。

「それは何よりでございました」

おちよのほおにえくぼが浮かんだ。

「おお、あたたかいのう」

寝ていた黒猫のしょうをひょいとつかんで、お忍びの大名が言う。

「しゃあ」

猫が威嚇(いかく)した。

「これこれ」

おちよがたしなめたが、猫の知ったことではない。

「おお、悪かったな」

気のいい大名はすぐさま猫を放した。

ほどなく、湯気の立った土鍋が運ばれてきた。

「お待たせいたしました」

「煮奴(にやっこ)でございます」

のどか屋の若夫婦の声がそろった。

「これは湯豆腐か」

鍋を覗きこんで、筒堂出羽守が問うた。

「いえ。だしで煮込んでおりますので、そのまま取り分けてお召し上がりください」

時吉とともに支度をしていたおようが言った。

煮奴の評判は上々だった。

「五臓六腑にしみわたるな」

藩主がうなる。

「まさにそうでございますね、殿」

稲岡一太郎が言った。

ほかに客がいないから、心置きなく「殿」と呼びかけることができる。

「だしがしみて、うまいわ」

兵頭三之助も半ば独りごちるように言った。

続いて、風呂吹き大根も出た。

柚子味噌と合わせ味噌。二種を楽しむことができる、これも冬場の味覚だ。

さらに、江戸風の味つけの寒鰤の照り焼きに、また砂村の義助が運んでくれた金時人参と厚揚げの煮物も出た。

箸が動き、酒がすすむ。

筒堂出羽守の顔はいつしかだいぶ赤くなった。

「ちいと過ごしたかのう。ほほほほ」

お忍びの藩主は手で顔をあおぐしぐさをした。

「これから上屋敷まで駕籠で帰られますか」

稲岡一太郎が訊いた。

「そら難儀(なんぎ)やな」

藩主は首をひねった。

「もしお泊まりでしたら、一階の部屋をご用意してありますので」

おちよが言った。

「旅籠に泊まれるのか」

筒堂出羽守の瞳が輝いた。

「ええ、よろしければ」

と、おちよ。

「今日はほかにも空き部屋がございますので、お付きの方もお泊まりになれます」

若おかみがここぞとばかりに言った。

「ああ、そら助かった。いまから駕籠について走るのはかなんさかいに」

兵頭三之助が素直に言った。

「泊まったら、朝は豆腐飯やな」

お忍びの大名が念を押すように問うた。

「もちろんでございます」

時吉が厨から言った。

「名物をご用意しておりますので」

二代目も笑顔で言った。

「よっしゃ、泊まるで」

筒堂出羽守の声が弾んだ。

「心得ました」

「お供します」

お付きの武家たちがすぐさま答えた。

六

翌朝――。

大和梨川藩の勤番の武士たちは、どの泊まり客より早く起きた。

なにぶんせっかちな藩主だ。先に朝餉を済ませられたら、家来の立つ瀬がない。

「これからもこうやってお守りをせんとあかんのやろな」

いくぶん眠そうな目で、兵頭三之助が言った。

「それは、われらがつとめゆえ」

稲岡一太郎が答える。

「まあ、のどか屋はんが出城みたいなもんになってくれたら、こっちも助かるかもしれんな」

兵頭三之助が言う。

「ああ、なるほど、出城か」

二刀流の遣い手がうなずく。

「黒四組の十手も預かってるんやさかい、ちょうどええで」

将棋の名手が笑みを浮かべた。

「あるじは元藩士で、ご家老とは古い付き合いだからな」

稲岡一太郎が白い歯を見せた。

ややあって、一階の部屋で藩主が起きる気配がした。厨のほうからいい香りが漂ってくる。大和梨川藩の面々は、連れ立って朝餉の場に姿を現わした。


「ああ、朝はこれにかぎるな」

名物の豆腐飯を食しながら、筒堂出羽守が言った。

「朝に食すとまた違いますね」

稲岡一太郎が言った。

「さあ、やるでっていう気がわいてきます」

兵頭三之助が匙を動かす。

「そやな。力がわいてくるわ」

お忍びの藩主はそう言うと、少し思案してから薬味の切り海苔をまぜ、豆腐飯をわしっとほおばった。

「お武家さんら、上方のほうかい？」

「初めて見る顔だな」

なじみの大工衆が声をかけた。

普請場からいくらか離れていても、のどか屋の朝餉を食べにきてくれるありがたい常連だ。

「さよう。大和のほうだ」

お忍びの大名は答えた。

昨日、湯屋で「知らない」と言われてしまったから、「梨川」は省くことにした。学ぶところがあったらしい。

「そうかい。江戸へは何の用で？」

大工の一人がさらに問うた。

「それは、さ……」

筒堂出羽守は言葉に詰まった。

まさか参勤交代（さんきんこうたい）と告げるわけにはいかない。

「昨年から決まっていた物見遊山（ものみゆざん）でござるよ。はははは」

将棋の名手が笑ってごまかした。

「そうかい。のどか屋に泊まりとは目が高えな」

「呼び込みかい？」

大工衆はなおもたずねた。

「わたしが思い切って声をかけさせていただきました」

機転を利かせて、おようが言った。

「そうかい。べっぴんの若おかみだからな」

「そりゃ捕まりもするぜ」

大工衆が笑う。

筒堂出羽守は、今度は味噌汁を啜った。

そして、満面の笑みで言った。

「のどか屋にして良かったぞ」

第十一章　飴煮(あめに)と蛸飯(たこめし)

一

いずれ早指南ものの書物になる料理の紙は、だんだんに増えていった。

長吉屋とのどか屋、二軒の見世で折にふれて料理人が記しているから、おのずと数が増えていく。

「これはご飯が恋しくなるね」

鰯(いわし)の生姜煮を食した隠居の季川が笑みを浮かべた。

「先に言われてしまいました」

鶴屋の与兵衛が言う。

「では、一膳ずつで」

時吉はそう言うと、ほかの客の顔をちらりと見た。

今日の長吉屋は一枚板の席が一杯になっていた。灯屋の幸右衛門と、狂歌師の目出鯛三、それに絵師の吉市が座っている。

「なら、わたしも」

目出鯛三が手を挙げた。

「わたしも」

吉市が続く。

「手前は腹が出てしまいますので」

幸右衛門だけが固辞（こじ）したから、長吉屋に笑いがわいた。

ほどなく、飯が来た。

こっくりと煮られた鰯が飯に載り、客の胃の腑へ消えていく。

つくり方はこうだ。

鰯のうろこを取り、頭を落としてわたを抜く。それから塩水できれいに洗って水気を取っておく。

生姜は洗ってから皮ごと千切りにする。

平たい鍋に水と味醂と醬油と砂糖を入れ、わいたところで鰯を並べていく。

その上に生姜を散らす。煮汁をすくってはかけ、頃合いを見て落し蓋をして、じっくりと煮詰めていく。

存分(ぞんぶん)に味がついたら、盛り付けて煮汁をかける。

これをほかほかの飯に載せて食せば、まさに口福の味だ。

「この料理の勘どころは何だい？」

隠居がたずねた。

「勘どころかどうかは分かりませんが、竹の皮を下に敷くと、煮くずれしにくく、取り出すのも楽です」

次の肴をつくりながら、時吉が答えた。

「はは、それは勘どころだよ」

隠居の白い眉がやんわりと下がった。

「この調子だと、『浅草早指南』より先に料理の指南書のほうができてしまうかもしれませんな」

目出鯛三が言った。

「そんな他人事(ひとごと)のように言わないでくださいまし、先生。『浅草早指南』が上がるのを手前どもは待っているんですから」

灯屋のあるじが言った。

「こりゃ、やぶ蛇でしたか」

狂歌師が頭に手をやった。

「まあ、でも、絵のほうはおおむね上がりましたので」

吉市が言った。

「ありがたく存じます。お早いお仕事で」

幸右衛門が如才なく頭を下げた。

「こちらのほうも、おっつけ仕上げますので」

目出鯛三が言う。

「なにとぞよろしくお願いいたします。目出鯛三先生の才筆にて、陸続と早指南ものを上梓(じょうし)していきたいところで」

灯屋のあるじが言った。

「では、『浅草早指南』のあとは料理もので?」

狂歌師がたずねた。

そのあたりの打ち合わせが今日の眼目(がんもく)で、二人の隠居はたまたま長吉屋の一枚板の席に居合わせただけだ。

「料理ものは、まだ札がそろわないかもしれません」

時吉が言った。

「そもそも、長さんがまだ帰ってきていないからね」

季川がそう言って箸を置いた。

「さようですね。浅草の売れ行きにもよりますが、盛り場の早指南ものを続けるか、いちばん大きな『江戸早指南』を先に出すか」

幸右衛門は腕組みをした。

「そりゃあ、江戸のほうが先だと思うよ。よそで先んじて出されたら困るからね」

鶴屋の隠居が言った。

「おっしゃるとおりかもしれません」

灯屋のあるじがうなずいた。

「なら、『浅草早指南』の次は『江戸早指南』で」

目出鯛三が段取りを進めた。

「どうぞよろしゅうお願いいたします」

幸右衛門はていねいに頭を下げた。

話が一段落したところで次の肴が出た。

「鰯が続きますが、今度は卯の花和えでございます」

時吉が小鉢を出した。

「これは彩りもいいねえ」

受け取った季川が言った。

「茹でた三つ葉と紅生姜をあしらっております」

時吉が笑みを浮かべた。

酢締めをした鰯を、いったん煮てから水気を絞り、溶き玉子を加えて炒めた卯の花で和える。白っぽい色合いになった鰯には、あざやかな色のあしらいが合う。

「こりゃあ酒の肴にちょうどいいね」

鶴屋の与兵衛がさっそく賞味して言った。

「ありがたく存じます。そうそう、紅葉屋さんにも早指南の紙を渡しておけばいかがでしょう」

時吉が水を向けた。

かつて千吉が花板をつとめていた上野黒門町の紅葉屋は、鶴屋与兵衛が隠居所を兼ねて開いた見世だ。女料理人のお登勢は、時吉と以前「味くらべ」で腕を競い合った仲で、まだ若い跡取り息子の丈助が懸命につとめている。

「ああ、そうだね。みなの力を合わせれば、きっといいものができるよ」

与兵衛は乗り気で言った。

「そういうこともあろうかと……」

灯屋のあるじが大ぶりの巾着を探った。

「こういうものを持ち歩いておりまして」

中から取り出したのは、例の料理の紙だった。

「手回しがいいですね」

目出鯛三が笑った。

「そりゃあ、あきないですから」

灯屋のあるじも笑う。

「だったら、力屋さんなどにも紙を渡しておいたらどうだい」

隠居が言った。

「ああ、長屋でもつくれる料理があるでしょうから」

と、時吉。

「では、その分もお渡ししておきましょう」

また灯屋のあるじの手が動いた。

　ほどなく、鰯づくしの最後の品が出た。

「鰯のつみれ汁でございます」

　そう言って椀を出したのは、花板の時吉ではなかった。

　千吉の数少ない弟子の寅吉だった。修業の途中で惜しくも若死にしてしてしまった兄の志を継いで、潮来から江戸へ出てきた若い料理人も板場に立つようになった。

「吸い口に粉山椒をどうぞ」

　時吉が小壺をすすめた。

「うん、こりゃあ絶品だね」

　味わうなり、季川が声をあげた。

「こちらで打ち合わせをする段取りにしてよろしゅうございました」

　灯屋のあるじが笑顔で言った。

二

「えっ、うちも紙を書くのかい」

　力屋の信五郎が驚いたように問うた。

のどか屋の二幕目だ。

一枚板の席には、元締めの信兵衛と大松屋のあるじの升太郎もいる。

「ええ、思いついたときでよろしゅうございますから」

おちよが笑みを浮かべた。

「長屋の女房衆でもつくれる料理ということで」

千吉が厨から言う。

「これなんかどうでしょう。上品な仕上がりですが」

大松屋のあるじがちょうど出ていた肴を箸で示した。

里芋（さといも）の田楽（でんがく）だ。

田楽味噌をたっぷりかけ、柚子の皮を散らしてある。わずかな青みのある器に盛るとなおさら引き立つ。

「いや、この色は薄口だね、二代目」

信五郎は千吉に訊いた。

「そうです。これは湯浅（ゆあさ）の下り醤油で」

千吉は答えた。

「うちは濃口をたっぷり使うんで、黒っぽい色に。長屋では味が濃すぎるかも」

力屋のあるじは首をかしげた。

「そのあたりは醬油をいくぶん控えめにするように書けばいいさ」

元締めが知恵を出した。

「いや、そもそも目分量で、大ざっぱな味つけなんで」

信五郎はそう言って笑った。

「里芋だったら、やっぱり煮っころがしですか」

升太郎が問う。

「炒りつけた蒟蒻とともに煮合わせると、箸が進みますよ」

力屋のあるじが答えた。

「ああ、それは嚙み味が違っていいかも」

と、おちよ。

「あくを取ってから落とし蓋をしてことこと煮たら、いい飯の伴になるんで」

信五郎が笑みを浮かべた。

「なら、今度うちの中食で」

千吉が乗り気で言った。

「どうぞどうぞ、使ってやってください」

力屋のあるじは快く言った。

そのとき、表で人の気配がした。

寒くなって急に元気になってきた老猫のゆきが急いで入ってきて、

「みゃ」

と、来客を告げる。

「まあ、お母さん」

若おかみが声をあげた。

のどか屋の二幕目に現れたのは、おようの母親のおせいと弟の儀助（ぎすけ）だった。

三

「だから、急に行ってもできないよって言ったのに」

おせいがあいまいな顔つきで言った。

「うん」

儀助が残念そうにうなずく。

寺子屋には通っているものの、まだ十（とお）だからわらべのうちで、好物の餡巻（あんま）きを食べたいとだしぬけに言いだした。

「餡はいつもあるとはかぎらないから」

　おようが弟に言った。

　おようの父は腕のいい蕎麦職人だったが、あいにくなことに心の臓に差し込みを起こして若くして亡くなってしまった。

　その後、おせいはつまみかんざし職人の大三郎（だいざぶろう）の後妻になり、弟の儀助が生まれた。

　おせいもつまみかんざしづくりを手伝いながら本所で暮らしている。

「紅葉屋だったら、近くのわらべやご隠居のお孫さんも来るからほぼ毎日仕込んでたんだけど」

　千吉がいくぶんすまなそうに言った。

「しょうがないね。急に来たんだから」

　儀助は言った。

「べそをかくかと思ったら、あきらめるのね」

　おようが笑みを浮かべる。

「うん、大きくなったから」

　儀助がそう言って胸を張ったから、のどか屋に和気が満ちた。

「なら、餡巻きの代わりに甘藷でおいしい料理をつくるよ」

千吉が言った。

「甘いやつ？」

儀助が訊く。

「餡巻きの代わりだから、甘いよ」

千吉はそう答え、さっそく手を動かしだした。

幸いにも、金時人参と合わせてかき揚げにするつもりで、甘藷を水にさらしてあくを抜いてあった。

その甘藷を狐色になるまで揚げ、油を切っておく。

油に砂糖を入れて玉柄杓（たまびしゃく）でまぜ、いい塩梅の飴をつくる。これに揚げたての甘藷をからめ、黒胡麻を振れば、甘い飴煮（あめに）の出来上がりだ。

「熱いから気をつけてね」

おようが弟に言った。

「うん」

儀助はさっそく箸を伸ばした。

「わあ、甘い」

歓声がわく。

「良かったわね、甘いのをつくってもらって」

おせいが笑みを浮かべた。

「あんみつさんに出そうかと思って、思案してた料理で」

千吉がおちよに言った。

「ああ、それは喜びそうね」

と、おちよ。

「『うん、甘え』ってね」

元締めが声色（こわいろ）を遣ったから、のどか屋に和気が満ちた。

「このあとはどこかへ行くの？」

おようがたずねた。

「いや、のどか屋さんだけで」

おせいが指を下に向けた。

遊んでもらえると思ったのか、ふくがひょいと前足を上げる。

「だったら、かき揚げもつくりましょう」

千吉が腕まくりをした。

「こちらにもおくれでないか」

大松屋のあるじが手を挙げた。

「もちろん、わたしも」

力屋のあるじが続く。

「じゃあ、頭数分だね」

元締めが笑みを浮かべた。

「承知で」

いい声で答えると、千吉は次々にかき揚げを揚げはじめた。

甘藷と金時人参だけの存分に甘いかき揚げはわらべ向きだ。これは儀助に出した。

大人向けには、牛蒡と三つ葉と小海老をまじえて揚げた。これでぐっと味に奥行きが出る。

「わあ、おいしい」

儀助が声をあげた。

「ほんと、さくさくしてておいしいわね」

おようも笑顔だ。

「こりゃあ飯大盛りの丼だね」

力屋のあるじがあきないに引きつけて言った。

「なら、食べに行くよ」

元締めが信五郎に言った。

「腕が上がったねえ、二代目」

大松屋のあるじが感心の面持ちで言う。

「ありがたく存じます」

千吉は小気味いい礼をした。

四

翌日の中食は、ほうとう膳だった。

ほうとうは武州深谷(ぶしゅうふかや)では醤油仕立て、甲州(こうしゅう)では味噌仕立ての味つけだが、このたびは味噌味にした。

ほうとうはうどんと違い、寝かさずにすぐ切って煮込む。そのために汁にとろみがつくのだが、これが味噌と響き合って実にうまい。

具は南瓜(かぼちゃ)に油揚げに金時人参に葱に椎茸に大根。南瓜と金時人参の甘味がことに味を引き立てる。油揚げもいい脇役をつとめる。

膳には茶飯と小鉢をつけた。風が棘を増してくると、あたたかいものがことに好まれる。

「味噌がはらわたにしみるな」

「南瓜が甘え」

なじみの左官衆が口々に言った。

「冬場はやっぱりあったかい麺だな」

「ほうとうだけに、ほうっとするぜ」

地口も飛び出す。

甲州のほうとうばかりではない。尾張の味噌煮込みうどんや武州のおっきりこみなど、あまりよそでは出ない麺料理ものどか屋では折にふれて出している。素麺を茹でたにゅうめんは脇の椀として出すこともあった。

それやこれやで中食は滞りなく売り切れ、短い中休みを経て二幕目に入った。

呼び込みで入ってくれた江戸見物の客が腹ごしらえも所望したので、厨は二幕目もあわただしかった。それがようやく一段落したところで、常連がのれんをくぐってきた。

「あっ、先生」

千吉が声をかけた。

「ご無沙汰だったね」

笑顔で答えたのは、千吉の寺子屋の師匠だった学者の春田東明だった。

「やれやれ、買いすぎましたよ」

春田東明はそう言って、重そうな風呂敷包みを座敷に置いた。

どうやら中身はすべて書物らしい。

「わたしも書物を書くことになったんですよ、先生」

千吉が厨から告げた。

「えっ、千吉さんが？」

学者は驚いたように問うた。

「千吉だけが書くんじゃないでしょうに」

すかさずおちよが言った。

「それに、筆を執るのは目出鯛三先生なんだから」

おようも少しあきれたように言った。

「どういうことでしょう」

つややかな総髪の学者が笑みを浮かべて訊いた。

千吉とおようは、料理の早指南本のあらましをかいつまんで伝えた。歌留多のような紙も一枚渡した。春田東明は温顔でうなずきながら聞いていた。

「では、いまは紙を積み重ねているところですね」

東明はたずねた。

「そうです。少しずつ書いてます」

厨で手を動かしながら、千吉は答えた。

「長吉屋に詰めているあるじも書いていますし、紅葉屋さんや力屋さんにも紙をお渡しして、みなで力を合わせて一冊にしようかと」

おちよが見通しを示した。

「それはいいですね。楽しみです」

学者はそう言ってお茶を啜った。

ここで料理が出た。

「お待たせいたしました。揚げ蕎麦の餡かけでございます」

おようが皿を下から出した。

料理の皿を下から出すのは、長吉、時吉、千吉と受け継がれてきた大切な教えだ。

間違っても、「どうだ、うまいだろう」とばかりに上から皿を出したりしてはならない。

「これはまた凝った料理ですね」

春田東明が驚いたように言った。

「いや、蕎麦がいま一つ不出来だったもので、苦しまぎれに揚げ物に持って行ったんです」

千吉は包み隠さず伝えた。

蕎麦をわっと揚げ、食べやすい長さにぽきぽき折る。これならもとの蕎麦がいささか不出来でも平気だ。

ここに三種の茸を炒めたものを載せ、蕎麦だしに水溶きの葛をまぜてとろみをつけた餡を張る。さらに、銀杏や三つ葉や紅葉麩を散らせば、目にも鮮やかな揚げ蕎麦の餡かけの出来上がりだ。

「とても苦しまぎれとは思えない出来栄えですね。さっそくいただきましょう」

学者は箸を取った。

「いかがでしょう」

いくらか箸が進んだところで、おようがたずねた。

「香ばしくて、とてもおいしいです」

春田東明は満足げに言った。

「ああ、良かった」

若おかみが胸に手をやった。

「この料理の『かんどころ』は何です？　千吉さん」

見本の紙をちらりと見て、東明はたずねた。

「わっと揚げて取り出さないといけないので、大きなかすすくいがあったほうがいいです」

千吉は身ぶりをまじえて答えた。

「なるほど。そういった道具を備えるのも料理づくりのうちですからね」

総髪の学者はうなずいた。

「長屋にはないと思うけど」

と、おちよ。

「これは料理屋ならではの品ということで」

千吉が言い返した。

「つくりやすいかどうか、松竹梅などの符号を付けてすぐ分かるようにしてもいいかもしれません」

春田東明は知恵を出した。

「ああ、いいですね。灯屋さんが見えたら言ってみます」

千吉は答えた。

こうして、早指南ものはまた一歩前へ進んだ。

五

その日は隠居の季川が泊まる日だった。

大松屋で内湯に浸かった隠居は、のどか屋の座敷で按摩の良庵の療治を受けた。

「ああ、相変わらずいい按配だね」

腰をもんでもらいながら、季川が言った。

「前より調子が良さそうです」

良庵の女房のおかねが言った。

「なに、もうとっくにあの世へ行ってなきゃならない歳だから」

腹ばいになった季川が言った。

「そう言いながら十年くらい経ってますよ」

おちよが笑みを浮かべる。

「あとで先生に好評だった餡かけ揚げ蕎麦をお出ししますので」

千吉が言った。

「そうかい。そりゃ楽しみだね」

療治を受けながら、季川が言った。

そのうち、よ組の火消し衆がいくたりか入ってきた。

「おっ、ご隠居さんの療治場かい」

かしらの竹一が言った。

「そろそろ終わるところで」

良庵が手を動かしながら言った。

「悪いね。場所ふさぎで」

隠居が顔を上げて言う。

「なんの」

「ゆっくりしててくだせえ」

「おれら、呑みに来ただけで」

気のいい火消し衆が言った。

ややあって、隠居は按摩の夫婦とともに一枚板の席に移った。あとはもう一階の部屋に泊まるだけだから、多少酒を過ごしても大丈夫だ。

ほどなく、一枚板の席には餡かけ揚げ蕎麦が、座敷には煮奴の大鍋が出た。

「牡蠣の揚げ物もお出しできますが」

千吉が厨から声をかけた。

「いいね」

隠居が真っ先に手を挙げた。

「では、こちらにも」

按摩が続く。

「たんと揚げてくんな」

「いくらでも食うからよ」

座敷からも声があがった。

「冬場の牡蠣はことにおいしいからね」

隠居が笑みを浮かべた。

「もうそろそろ師走ですからね」

と、おちよ。

「そう言えば、長さんが江戸を発ってから、もうそろそろ一年になるんだね」

季川がしみじみと言って、猪口の酒を呑み干した。

「ああ、そうですね。あっという間に、もう一年」

おちよも感慨深げな面持ちになった。

冬空のいまはいづこか料理人

季川がだしぬけに発句(ほっく)をつぶやいた。

付けておくれ、と弟子のおちよに目でうながす。

あすは帰るかまだまだ先か

おちよはそう答えた。

「あんまり付け句になってませんけど」

のどか屋の大おかみは苦笑いを浮かべた。

「帰るといいねえ」

隠居がしみじみと言った。

「ほんとに。いまごろどこでどうしているんだか、おとっつぁん」

おちよはいくらか遠い目つきになった。

六

同じころ——。

長吉は遠く離れた明石にいた。

末吉という弟子が営む見世に厄介になって三日になる。明日はまた西のほうへ発つつもりだ。

ここまで、弟子の見世を転々としてきた。そればかりではない。神社仏閣にも寄り道をしてきた。急ぐ旅ではない。思い残すことがないように、いくらか遠回りでも足が動くうちにお参りをすることにした。

弟子の見世はさまざまだった。

なかにはもう見世じまいをしていたところもあった。たとえ腕があっても、のれんを出すところが悪ければあきないにはならない。そのあたりがむずかしいところだ。

やり直す気がある弟子は励まし、できるかぎりの知恵を授けた。なかには涙を流して再起を誓う弟子もいた。

一方、繁盛している見世を訪ねると、旅の疲れも吹き飛ぶような心地がした。

ここ明石の潮屋もそうだった。

名物の蛸料理を看板に、中食から二幕目まで、常連客が次々にのれんをくぐる繁盛ぶりだ。長吉の表情はおのずとやわらいだ。

「おっ、見慣れん顔やな」

厨に入っている長吉を見て、客の一人が言った。

「わいの料理のお師匠はんやで」

あるじの末吉は自慢げに紹介した。

「わざわざ江戸から来てくれはってん」

おかみも言う。

「そら、ごっついな」

「えらいご苦労はんで」

「よう来なはった」

座敷に陣取った常連客が口々に言った。

「江戸の浅草、長吉屋のあるじです。弟子の見世をひいきにしていただいて、ありがてえこって」

長吉はていねいに頭を下げた。

「ここの料理はどれも絶品でっせ」

「わてら、中食にしょっちゅう蛸飯食ってまんねん」

「そのせいで、顔が半分蛸になってしもて」

客の一人が唇を突き出し目をむき、手つきを加えて蛸の真似をした。

「あほなことせんとき」

「お師匠はんがあきれてんで」

上方の客はにぎやかだ。

蛸飯のほかに、新鮮な蛸の刺身に天麩羅に煮物。蛸料理だけでも存分に品数がある。名物の蛸は言うに及ばず、塩も酒も醬油も特産地が近い。料理人にとっては願ってもない土地だ。

「弟子の見世が繁盛しているのを見るのは、料理人冥利（みょうり）に尽きます」

長吉は笑顔で言った。

ひと頃はだいぶ腰が痛くて、厨にもほとんど立っていなかったのだが、ほうぼうで湯治も行ったおかげでかなり良くなった。

「はい、蛸天あがります」

いい声が響いた。

あるじとよく似た顔の二代目だ。

しゃっと油を切り、手際よく盛り付ける。

「いい手つきだ」

腕組みをして見守っていた長吉が言った。

「おおきに」

まだ二十歳前の二代目が笑みを浮かべた。

「お師匠はんのお墨付きやで」

「良かったな、二代目」

常連客も笑顔だ。

「で、まだこっちにいますのん？」

客の一人が長吉にたずねた。

「いや、明日発って西へ向かいます」

長吉は答えた。

「今度はどちらへ？」

末吉が問うた。

「安芸の宮島におまえさんの兄弟子がいるだろう」

と、長吉。

「ああ、旅籠を継いだ染吉はんですか」

末吉の顔がぱっと輝いた。

「そうだ。厳島神社にもお参りして、そこで引き返すつもりだ」

長吉は先の見通しを示した。

「なら、帰りにも寄ってくださいまし」

おかみが如才なく言った。

「ああ。ここの蛸飯をまた食いたいから」

古参の料理人の目尻にしわがいくつも浮かんだ。

「潮屋の蛸飯を食うたら、また潮屋へ戻ってくるねん」

「そや。死んだら蛸になってな」

「気色悪いこと言わんとき」

「おまえ食うてどないするねん」

客たちが掛け合う。

「はい、潮汁(うしおじる)も上がりました」

二代目がまたいい声を響かせた。

若い料理人の顔に、孫の顔がふと重なった。

(達者でやりな……)

ここにはいない千吉に向かって、長吉は心の中で語りかけた。

終章　ふたたびの虹

一

「やれやれ、一つ峠を越えました」

長吉屋の客がそう言って、猪口の酒をうまそうに呑み干した。

目出鯛三だ。

隣には絵師の吉市もいる。

「あとは手前どもが刷りあげるばかりです。来春までいましばしお待ちくださいまし」

灯屋のあるじの幸右衛門が笑顔で言った。

「来春って、もうすぐそこでございますよ、旦那さま」

番頭の喜四郎が言った。

「ああ、そういえば師走だからね」

幸右衛門が苦笑いを浮かべた。

「年内に一つきりをつけられてほっとしました」

目出鯛三が言った。

今日は『浅草早指南』の脱稿祝いだ。吉市の絵もできたから、あとは灯屋が上梓するのを待つばかりだった。

「楽しみにお待ちしております。では、お祝いにこちらを」

時吉が料理を出した。

「やっぱり鯛ですね」

灯屋のあるじが笑みを浮かべた。

「それは、目出鯛三先生のお祝いですから」

時吉は笑みを浮かべて、次々に椀を出していった。

鯛にゅうめんだ。

師走のこの時季には嬉しいひと品で、鯛の切り身のほかに椎茸と貝割菜があしらわれている。

「ああ、ほっとします」

　食すなり、吉市が言った。

「だしもいい味ですね」

　灯屋のあるじがうなずく。

「おいしゅうございます」

　番頭が和した。

「この料理の勘どころは？」

　目出鯛三が訊いた。

「ていねいにあくを取ること、鯛の切り身に塩を振って水が出たら拭き取ること、それから、片栗粉（かたくりこ）をまぶすことです。そうすれば、つるんとした食べ味になりますから」

　時吉は答えた。

「なるほど。そういった下ごしらえあってこその味ですね」

　狂歌師は感心の面持ちで言った。

「では、また一枚、早指南ものの紙をお願いします」

　灯屋のあるじが言った。

「承知しました」

時吉は白い歯を見せた。

二

のどか屋の翌日――。

二幕目ののれんを出そうとしたおちよがふと動きを止めた。

向こうから、三人の武家が歩いてきたからだ。

「おう、また来たで」

よく通る声が響いた。

お忍びの大和梨川藩主、筒堂出羽守良友だ。

そのうしろから、稲岡一太郎と兵頭三之助が急ぎ足で付き従っている。

「いらっしゃいまし」

そう答えると、おちよはのれんを持ったまま見世のなかへ声をかけた。

「お殿さまよ。また見えたわよ」

早口で言う。

「承知で」

厨から千吉が短く答えた。

呼び込みに出ようとしていたおようとおけいが思わず顔を見合わせる。

「また世話になります」

稲岡一太郎が先に入るなり言った。

「ああ、のどか屋や。また来たで」

お忍びの藩主はそう言うなり、土間でうろうろしていた小太郎をひょいと持ち上げた。

「大きいのう。良い猫侍を産め」

猫に向かって言う。

「あいにくその子は雄でございます」

おちよがすかさず言った。

「そうか。それは無理だのう」

筒堂出羽守は笑って猫を放した。

「では、そろそろ呼び込みに」

おようが恐る恐る言った。

またついてこられたら難儀をするのは目に見えている。

「おう、これから呼び込みか」

果たして、藩主が訊いた。

「さようでございます」

若おかみが答えた。

「今日はご自重を」

稲岡一太郎がクギを刺す。

「うむ。このたびは芝居見物に来たんやからな」

筒堂出羽守が答えた。

「お芝居でございますか」

おちよが笑顔で問うた。

「うむ。両国橋の西詰には芝居小屋があろう？　ちと見物したくなったんや。べつに見世物でもええ」

お忍びの大名が答えた。

「江戸の小屋には不案内で」

兵頭三之助がいくぶん困り顔で言った。

「なら、ご案内だけしてきたら？　千吉」

おちよが厨に声をかけた。

「いま生麩（なまふ）を煮はじめたとこなんだけど」

千吉がややあいまいな表情で答えた。

「それならわたしでもできるから」

おちよはそう言うと、あわてて厨に入った。

「変な小屋に捕まらないように見届けてきて」

千吉に耳打ちする。

「ああ、分かった」

二代目は小声で答えた。

「それから、呼び込みは止めて」

おちよがさらに言った。

「承知で」

千吉は短く答えた。

「では、そろそろまいろうか」

せっかちなお忍びの藩主の声が響いた。

「今日はわたしもまいります」

あわてて手を拭きながら、千吉が厨から飛び出してきた。

三

「お泊まりは、内湯がついた大松屋へ」

両国橋の西詰で、跡取り息子の升造がいい声を響かせていた。

「こんにちは」

おようが明るく声をかけた。

「あれ、今日はお一人？」

おけいが少しいぶかしげにたずねた。

いつも一緒に呼び込みをしている若おかみのおうのの姿が見えない。

「そうなんです。えへへへ」

升造は妙な笑い方をした。

「何、その笑いは」

千吉が問うた。

「実は……初めてのややこができてね。今日は大事をとっての休みなんだ」

大松屋の跡取り息子が嬉しそうに告げた。

「わあ、それはおめでとう」

千吉の声が弾んだ。

「おめでたいことで」

おようも笑みを浮かべた。

「まあ、いつお生まれで？」

おけいがたずねた。

「来年の桜の時分だそうで」

升造は満面の笑みで答えた。

「初子か。めでたいのう」

お忍びの藩主の声が響いた。

「ありがたく存じます」

大松屋の跡取り息子は頭を下げた。

だれかは分かっていないが、のどか屋が大事にしている武家のようだから、ていねいな礼をしておいた。

「おれも国もとに女房と子がいるが、一緒に暮らすのが何よりだ」

筒堂出羽守が言った。

「では、そろそろまいりましょうか」

稲岡一太郎がうながした。

あまり余計なことをしゃべらせるのはまずい。

「呼び込みはよいのか?」

お忍びの藩主はのどか屋の三人に問うた。

「え、ええ、これからわたしたちがやりますので」

おようがあわてて言った。

「筒井さまはお芝居見物に」

おけいが身ぶりをまじえる。

「ご案内いたします」

千吉がさっと動いた。

「うむ、ではまいろう」

お忍びの大名が素直に従ってくれたから、おようもおけいもほっとした顔つきになった。

四

蛇女（へびおんな）の見世物はいかにもうさん臭かったので止め、これなら大丈夫だろうという芝居小屋に入った。

剣戟（けんげき）あり、笑いあり、涙ありのなかなか良くできた芝居だった。

主役が剣を振るうところでは、お忍びの藩主が思わず刀の柄に手をかけたから、お付きの二人が蒼（あお）くなったらしい。

子と別れるところでは、筒堂出羽守は着物の袖でしきりに涙をぬぐっていた。どうやら身につまされるものがあったようだ。

「いまごろはどうしているかと思うてのう」

両国橋の西詰からのどか屋へ戻る途中で、お忍びの藩主はしみじみと言った。

「こちらの上屋敷に呼ぶことはできなかったのですか？」

千吉がたずねた。

「奥はいささか蒲柳の質でな。長旅はつらかろうと思うて、大和梨川に残してきた。文（ふみ）によると、達者に暮らしてはいるらしい」

筒堂出羽守は答えた。

「さようでございましたか」

千吉はうなずいた。

「今日の芝居では、ちと子の顔を思い出してしもうた」

お忍びの藩主は苦笑いを浮かべた。

「土産をたんと買って送りましょう」

稲岡一太郎が笑みを浮かべた。

「そうだな。江戸では何でも売っておる」

藩主も笑みに変わった。

「あ、降ってきましたで」

兵頭三之助が手のひらを上に向けた。

「急ぎましょう」

千吉がうなずく。

「おう」

筒堂出羽守は足を速めた。

稲岡一太郎が大股で追う。

「うわ、だいぶ降ってきよった」

兵頭三之助が頭に手をやった。

「雨宿りいたしましょうか」

千吉が水を向けた。

「かまわぬ。すぐそこや」

お忍びの藩主は振り向きもせずに答えた。

「殿はこれやから」

将棋の名手は愚痴(ぐち)をこぼしながら続いた。

五

「通り雨ですぐ止みましたのに」

おちよがややあきれたように言った。

「そう言ったんだけど」

千吉が小声で告げる。

「なら、何かあたたかいものを」

一枚板の席に陣取っていた元締めの信兵衛が言った。

「うちの内湯はいかがでしょうか」

ちょうど来ていた大松屋の升太郎が水を向けた。

升造が先に伝えるかたちになってしまったが、おうのがややこを宿していることを大松屋のあるじも告げにきて、ひとしきり祝福を受けていたところだった。

むろん、千吉たちも改めて祝意を述べた。孫ができる升太郎は満面の笑みだった。

「内湯か……」

藩主は心が動いた様子だった。

「明日は朝から御前試合ゆえ、今日は泊まりはなりませぬぞ」

稲岡一太郎が手綱を締めた。

「うむ、分かった。またの機にしよか」

お忍びの大名が言った。

「では、暖は料理で取っていただきましょう」

おちよが鉢を持ってきた。

二幕目が始まるころから仕込んでいた生麩の煮物だ。

ことことと味を含ませ、莢隠元と合わせてある。強火で煮ると麩がふくれすぎて味の通りが悪くなるので、弱火でじっくりと煮るのが勘どころだ。

「莢隠元のあるとないとでは、だいぶ違うな」

お忍びの藩主が言った。

「さようですね」

賞味しながら、稲岡一太郎が言う。

「これからどんどんおつくりしますので」

のどか屋の二代目が気の入った声を発した。

「おう、今日は変わったのも食いたいな」

筒堂出羽守はそんな注文を出した。

「承知しました」

千吉は厨で二の腕をぽんとたたいた。

まずは冷えた体をあたためるべく、甘海老（あまえび）の味噌汁を出した。

「海老のだしが出ていてうまいな」

お忍びの藩主がまず言った。

「海老の頭も入ってるけど、だしのほうを楽しむひと品だね」

信兵衛が言った。

「元締めさんのおっしゃるとおりで」

千吉が笑みを浮かべた。

玉子豆腐と鯛をあしらった椀も出した。

「これはまた上品やな」

兵頭三之助がうなる。

「椀物が続いても、目先が変わるとうまいな」

筒堂出羽守が和した。

ややあって、凝った料理ができあがった。

「おお、これは目が回りそうや」

お忍びの大名が目をむいた。

「ほんまや。きれいにできてますな」

将棋の名手がうなる。

「大根と油揚げの鳴門でございます」

運んできたおようが言った。

「こちらにもどうぞ」

一枚板の席にはおちよが出した。

「なるほど、鳴門の渦を表しているんだね」

元締めが言った。

「かつらむきにした大根に油揚げを載せて巻き、干瓢で巻いてからだしで煮含めてあります」

千吉が厨から言った。

「それを切ると、このような渦が表われるわけや。こらおもろい」

お忍びの藩主は上機嫌だ。

「食してもうまいです」

稲岡一太郎も笑顔だ。

今日の中食は牡蠣飯の膳だった。

まだ牡蠣が余っていたから、天麩羅にして出した。手が挙がった客には梅干し茶漬けも供した。

「満足や」

ややあって、筒堂出羽守が言った。

「では、今日は上屋敷へ」

稲岡一太郎が言った。

「朝の豆腐飯はまたの機会やな」

お忍びの藩主はそう言って腰を上げた。

「そういたしましょう」

ほっとした顔で、兵頭三之助が続いた。

六

雨はすっかり上がっていた。

「ええ天気になったな」

駕籠を使わないお忍びの大名が、江戸の空を見上げて言う。

大和梨川藩の上屋敷は、一万石らしいささやかな構えだが、大川からさほど離れていず、のどか屋にもわりかた近い。浅草や川向こうの本所深川などにも徒歩で行ける便のいい場所だ。

「あっ」

見送りに出ていた若おかみが空を見て瞬きをした。

「虹ね」

大おかみが笑みを浮かべる。

「江戸に懸かる橋や。きれいやな」

筒堂出羽守が足を止めて言った。

「見飽きぬ美しさです」

のどか屋の二代目が言った。

「領民たちに幸を与えているかのようや」

お忍びの藩主が言った。

「江戸の民は領民とちゃいますで、殿」

兵頭三之助が小声で言った。

「そうか。ここは江戸であったな。忘れておった」

筒堂出羽守は髷にちらりと手をやった。

「されど、のどか屋は出城のごときものですから」

稲岡一太郎が白い歯を見せた。

「また出城へお越しくださいまし」

おちよが如才なく言った。

「お待ちしております」

おようも笑顔で和す。

「うむ。またうまいものを食いに来るぞ」

お忍びの藩主が右手を挙げた。

「出城で腕を磨いてお待ちしております」

千吉は一礼した。

「うむ。今日はここでさらばや。見送りはもう良い」

筒堂出羽守はそう言うと、すたすたと歩きだした。

お付きの二人が続く。

その背を見送った千吉は、また空を見た。

雨上がりの江戸の空で、虹の橋がひときわ美しく輝いていた。

[参考文献一覧]

『一流料理長の和食宝典』(世界文化社)
田中博敏『お通し前菜便利集』(柴田書店)
田中博敏『旬ごはんとごはんがわり』(柴田書店)
田中博敏『野菜かいせき』(柴田書店)
畑耕一郎『プロのためのわかりやすい日本料理』(柴田書店)
『一流板前が手ほどきする人気の日本料理』(世界文化社)
『人気の日本料理2　一流板前が手ほどきする春夏秋冬の日本料理』(世界文化社)
志の島忠『割烹選書　冬の料理』(婦人画報社)
志の島忠『割烹選書　四季の一品料理』(婦人画報社)
料理・志の島忠、撮影・佐伯義勝『野菜の料理』(小学館)
土井勝『日本のおかず五〇〇選』(テレビ朝日事業局出版部)

野﨑洋光『和のおかず決定版』（世界文化社）
鈴木登紀子『手作り和食工房』（グラフ社）
『復元・江戸情報地図』（朝日新聞社）
日置英剛編『新国史大年表 五-II』（国書刊行会）
今井金吾校訂『定本武江年表』（ちくま学芸文庫）

（ウェブサイト）
農林水産省
E・レシピ

時代小説
二見時代小説文庫

江戸早指南 小料理のどか屋 人情帖31

二〇二一年 三 月二十五日 初版発行

著者 倉阪鬼一郎

発行所 株式会社 二見書房
〒一〇一-八四〇五
東京都千代田区神田三崎町二-一八-一一
電話 〇三-三五一五-二三一一［営業］
〇三-三五一五-二三一三［編集］
振替 〇〇一七〇-四-二六三九

印刷 株式会社 堀内印刷所
製本 株式会社 村上製本所

落丁・乱丁本はお取り替えいたします。定価は、カバーに表示してあります。

ISBN978-4-576-21026-1
https://www.futami.co.jp/